DU MÊME AUTEUR

• *Murder on the Green - 2011 (en anglais)*
• *Les roses de Sarajevo - 2015*

Aux Éditions du Palémon

Rééditions

1. Meurtre au dix-huitième trou
2. Peur sur le volcan
3. Caviar et nuits blanches
4. L'étrange sourire de Pamela Dove
5. L'oeil du totem
6. Mort au grand largue
7. Les démons de l'île de Skye
8. Le serment des Highlands
9. Crime à l'heure du Tay
10. Un poison irlandais
11. Mortelles Hébrides
12. Le pendu de Saint-Andrews

Retrouvez ces ouvrages sur www.palemon.fr

CE LIVRE EST UN ROMAN
Toute ressemblance avec des personnes, des noms propres, des lieux privés, des noms de firmes, des situations existant ou ayant existé, ne saurait être que le fait du hasard.

JOHN-ERICH NIELSEN

Meurtre au dix-huitième trou

ÉDITIONS DU PALÉMON
ZA de Troyalac'h - 10 rue André Michelin - 29 170 Saint-Évarzec

Couchée sous le sable

— Vous jouez au golf, inspecteur ?

Les collègues l'avaient prévenu que le commissaire Wilkinson était un original. Mais là, tout de même, pour un premier entretien… Qu'allait-il bien pouvoir répondre à son supérieur ?

S'agissait-il d'une coutume locale, d'une sorte de bizutage consistant à lui souhaiter la bienvenue ? Le commissaire voulait-il se faire une idée de sa nouvelle recrue en jaugeant la qualité de son swing ? Cherchait-il un sparring-partner parmi ses subordonnés, alibi docile pour justifier auprès de sa femme de retours au bercail tardifs et alcoolisés ? Ou bien alors, supputation la plus improbable, mais aussi la plus dérangeante, l'ancien en pinçait-il pour la silhouette ferme et svelte du jeune inspecteur ? *Tu parles d'une première affectation !* frémit Sweeney. *Si j'avais su, plutôt que de choisir la criminelle à Édimbourg et de me taper les tordus de la capitale, je serais retourné pantoufler chez moi à Aberdeen, comme mon vieux pote Harry. J'aurais peut-être dû l'écouter, finalement…*

— Alors, inspecteur ?

— Euh… Moi, vous savez, c'est plutôt le rugby commissaire. Mon père a même joué en équipe d'Écosse junior, répondit Sweeney d'un air satisfait, persuadé que sa réplique lui épargnerait les inquiétants scénarios qu'il venait d'échafauder.

Mais quel crétin ce Sweeney, il n'a rien compris ! se lamenta le commissaire Wilkinson, et il scruta les traits ravis du novice. *Ça ne m'étonne pas. De nos jours, les mieux classés de l'école de police optent pour l'administration. Ça leur évite de se salir les mains et, en plus, c'est bon pour l'avancement. Moi, quand j'avais leur âge… Mais enfin…*

— Ce n'est pas ce que je vous demandais, inspecteur. Asseyez-vous ! lui ordonna Wilkinson sur un ton passablement agacé, et il lui désigna le fauteuil aux accoudoirs élimés dont la police écossaise l'avait doté.

Oh là là, s'inquiéta Sweeney en observant la dilatation subite du cou de taureau de son supérieur. *C'est bien ma veine, il m'a l'air remonté le patron. Et maintenant que je suis assis, ça risque de durer. Je ne vais pas tarder à savoir pourquoi les collègues le surnomment « Wilkinson-le-rasoir »…*

Exaspéré, autant par la chaleur estivale qui plombait l'air de son bureau, que par la niaiserie désespérante d'un bleu qui s'imaginait qu'on l'invitait à taper dans la petite balle blanche, le commissaire Wilkinson se lança dans une diatribe interminable et enflammée contre le système de formation de la police écossaise, contre une hiérarchie qui l'avait poussé trop tôt à quitter le terrain, contre sa propre promotion qui, pour aussi brillante qu'elle fût, l'avait à jamais privé de ce qui faisait la noblesse de son métier, voire de sa vocation… et, pour finir, contre des inspecteurs qui ne mesuraient même pas la chance qu'ils avaient de vivre les plus belles années de leur carrière.

Pendant que Wilkinson s'évertuait à maudire son sort, soliloquant sans fin au point de justifier son surnom, Sweeney eut tout le temps de constater que l'embonpoint précoce du commissaire, l'agencement impeccable du mobilier de son bureau et, finalement, la disposition millimétrée du moindre des objets sur sa table, trahissaient au contraire sa profonde satisfaction d'occuper des fonctions dans lesquelles il pouvait invectiver à loisir les jeunes inspecteurs besogneux. À partir de ce moment, rassuré par la justesse de ses déductions, Sweeney parvint à écouter respectueusement son supérieur. Mais sans pour autant réussir à masquer un sourire où se lisait sa béate satisfaction.

— Ça vous amuse ce que je vous dis, inspecteur ?

— Euh… Non, bien sûr que non, commissaire. Mais je pensais que…

— Eh bien, il vous faut apprendre à penser mieux, Sweeney. Vous croyez vraiment que je prends la peine de convoquer mes inspecteurs dans le but d'organiser leurs loisirs ? J'ai d'autres chats à fouetter, je vous garantis !

Et le col trop serré de la chemise de Wilkinson continua de se couvrir d'épaisses gouttes de sueur, perlant au rythme de ses ultimes récriminations contre un système qui lui affectait des débutants à une période de l'année où les plus expérimentés partaient en vacances.

— Vous comprenez, Sweeney. Si je pouvais vous mettre en doublure avec un ancien, je ne m'en priverais pas. Mais voilà, fin juillet, pendant que la moitié de l'équipe m'envoie les mêmes cartes postales stupides, couvertes de plages ou de palmiers idiots, il faut bien que ceux qui restent continuent d'expédier les affaires courantes. Alors, évidemment, si une urgence se présente…

— Vous parliez de golf, commissaire ? le relança Sweeney, dont les neurones engourdis venaient de se réveiller à l'évocation du terme prometteur d'*urgence*… Quel rapport avec une affaire criminelle ? ajouta-t-il aussitôt.

Wilkinson sourit enfin. Peut-être que le jeunot n'était pas si mal formé que ça, après tout.

*

Le commissaire dévisagea son nouvel inspecteur. Dire qu'il s'apprêtait à confier une affaire de cette importance à un débutant, à ce… à ce… *Mince*, songea Wilkinson, *il ne ressemble à rien le jeunot !*

En effet, le problème avec Sweeney, c'est que l'on ne pouvait rien en dire. À cause de cette… À cause de sa… En fait, Sweeney n'était qu'une barbe. Une barbe rousse, courte, mal peignée, mal taillée, mal foutue vraiment, qui éclipsait tout le restant de son apparence. Parce que Wilkinson avait beau chercher… Non, décidément, à part cet insupportable collier de barbe rousse…

De taille moyenne, Sweeney ne se distinguait par aucun signe particulier. Il ne portait pas de lunettes. Les traits de son visage étaient définitivement anéantis par l'omniprésence de cette auréole pileuse qui lui enflammait joues et menton ; ses yeux, noirs et minuscules, y apparaissaient comme immobiles, inexpressifs, tout juste ouverts-un-point-c'est-tout. Quant à ses vêtements… bah ! Un tee-shirt de couleur sombre, qui n'avait jamais croisé la route d'un fer à repasser, un pantalon de toile grise, qui ignorait les plis les plus élémentaires, et des chaussures brunes et tristes, semblables à celles d'un pasteur anglican. Un désastre ! La silhouette de Sweeney paraissait n'avoir pour seule finalité que de lui servir à déplacer son horripilante barbe rousse d'un point à un autre.

Étonnant pour un jeune homme, se dit encore Wilkinson. *Une vraie dégaine d'étudiant attardé. Mais bon, il faudra s'y faire ; la nouvelle génération sans doute…* se persuada finalement le commissaire.

*

— Bien, inspecteur Sweeney. On y va. Pour votre grande première, je pense que vous ne serez pas déçu, annonça d'emblée Wilkinson, et il plongea ses doigts potelés au cœur d'une pile de dossiers méticuleusement entassés. Sans même l'ébranler, il en extirpa une chemise cartonnée de couleur jaune qu'il ouvrit ensuite cérémonieusement, d'un geste ample aux forts relents d'aisselles. Puis il posa son regard sur la barbe de Sweeney.

— Prêt, inspecteur ? Vous avez de quoi noter ? l'interrogea-t-il comme il avait l'habitude de le faire à chaque fois qu'il chargeait l'un de ses limiers d'une nouvelle affaire.

À son grand étonnement, Sweeney sortit alors du fond de sa poche un objet minuscule, rectangulaire et métallique.

— Dictaphone commissaire, ça vous dérange ? On nous le recommande à l'école.

— Euh… Non, naturellement non, concéda Wilkinson, feignant d'être rodé aux méthodes prônées par ses collègues instructeurs.

— Mais… Mais vous prendrez des notes ensuite, au moins ?

— Bien sûr commissaire, une fois de retour à la maison, puis Sweeney déposa son appareil sur le rebord du bureau. « Clic », et la bande se mit à s'enrouler doucement sur elle-même.

Wilkinson eut soudain l'impression que la modernité venait, sans crier gare, de s'emparer de l'espace jusqu'alors si bien ordonné, et si prévisible, de son bureau. En outre, il lui semblait que les deux orbites noires et creuses du dictaphone le fixaient, et que leur lente rotation n'avait pour seul objectif que de l'hypnotiser. Après quelques instants, mêlés d'hésitation et d'apathie, le commissaire parvint à détacher son regard de l'envoûtant appareil. Il pesta intérieurement contre les recommandations de l'école de police, puis il se décida enfin à entrer dans le vif du sujet :

— Hem… Alors… Oui, voilà. Il s'agit d'une femme, une Américaine de trente-deux ans, assassinée il y a deux semaines environ. Son corps n'a été retrouvé que six jours après le décès, sur le parcours du golf de St Andrews, et…

— Ah ! C'est pour ça que vous me demandiez si je jouais au golf. Mais, attendez commissaire, St Andrews se trouve au sud de Dundee. C'est dans leur zone de responsabilité, non ? En quoi est-ce que nous sommes…

— Vous permettez que je continue, inspecteur ? À ce rythme, la bande de votre… de votre machin, là, ne suffira jamais… C'est bon maintenant, je peux ?… interrogèrent solennellement les sourcils froncés d'un commissaire trop heureux de faire payer aussi vite au jeune Sweeney le coup du dictaphone.

— Je disais donc… reprit-il sur un ton sentencieux. La jeune femme se nommait Amanda Nelson. Elle était originaire du Wisconsin et domiciliée en Floride, à Palm Beach. Décédée des suites… Attendez, je lis… « *d'un coup violent porté à la tempe* »… mais pour les détails, vous verrez directement avec…

— Parce que c'est moi qui vais m'en occuper ?

— À votre avis ? le coupa sèchement la voix contrariée du commissaire… Ne soyez pas si impatient, Sweeney ! s'agaça son supérieur. Apprenez à écouter, bon sang ! C'est une qualité dans notre métier… Poser les questions, c'est une chose, mais s'imprégner des réponses, c'est encore plus essentiel. Je vous explique… La mort a été établie au mardi 13 juillet, mais le corps n'a été découvert que le lundi suivant, le 19 au matin, par l'un des jardiniers du golf. Sa disparition n'avait pas été signalée. Le plus cocasse, c'est que son meurtrier l'avait enterrée sous le sable d'un obstacle, un bunker. Vous voyez, ces espèces de larges trous qui servent à pourrir la vie des joueurs ?

— Euh… Oui, je devine à peu près. Et à Dundee, où est-ce qu'ils en sont ? Mobiles, indices, suspects ?… Une Américaine assassinée sur un parcours de golf, ça ne doit pas être bien difficile de déterminer comment elle…

— Justement si. C'est là que ça se corse. Et c'est aussi la raison pour laquelle nous allons, ou plutôt *vous* allez, prendre le relais, inspecteur. Laissez-moi poursuivre dans l'ordre... Vous vous en doutez, nous n'avons pas de témoin direct et, ce qui est plus rare, quasiment personne à interroger. En effet, Amanda Nelson, la victime, si sa disparition n'a pas été signalée, possède tout de même un mari, un certain... Buddy... Buddy Nelson, et un père, le général Arthur Boyle, qui s'est manifesté le premier lorsque la presse a parlé d'une inconnue découverte sous le sable du prestigieux parcours de St Andrews.

— Prestigieux, prestigieux... Moi, il y a cinq minutes encore, ça ne me disait pas grand-chose, commissaire. Mais le mari, il est américain lui aussi, comme le père je présume ?... D'accord... Pourquoi n'a-t-il pas bougé ? La police américaine les a interrogés, tous les deux ?

— C'est la difficulté. Le mari, tout comme le père, sont déjà rentrés aux États-Unis. Même le corps a été rapatrié outre-Atlantique.

— Comment ça *rentrés* ? Parce que tous les deux se trouvaient en Écosse ?

— Eh oui, inspecteur, pour le *British Open* qui commençait deux jours après le meurtre. Intéressant, non ? Je vous l'avais dit que vous ne seriez pas déçu... Et le plus remarquable, c'est que ces deux précieux témoins avaient repris l'avion *avant même* que le cadavre ne soit découvert. C'est pour cette raison que les collègues de Dundee n'ont pu auditionner que les employés du golf, ou les personnes susceptibles d'avoir côtoyé madame Nelson pendant son séjour. On a procédé à son autopsie avant de la renvoyer à sa famille pour l'enterrement, et c'est à peu près tout.

— C'est marrant… On n'a jamais abordé un cas de ce genre à l'école de police… Mais, au fait commissaire, je ne vois toujours pas pourquoi c'est nous, à la criminelle d'Édimbourg, qui devrions nous en charger.

— Mais si, précisément inspecteur. C'est le deuxième étage de la fusée, s'empressa d'ajouter Wilkinson, soucieux de ménager ses effets.

D'un air gourmand, il reprit alors :

— Cette Amanda Nelson, vous savez, ce n'est pas n'importe qui.

— Connais pas.

— C'est vrai, si vous ne vous intéressez pas au golf… Son mari, Buddy, était jusqu'à l'année dernière le caddie du numéro un mondial, Will Tyron Junior ! s'exclama Wilkinson, persuadé que, cette fois, son inspecteur allait enfin réagir en entendant prononcer le nom d'une célébrité du sport.

Peine perdue.

— Désolé, commissaire. Connais pas non plus. Et c'est quoi un caddie ? le questionna Sweeney avec une ingénuité désarmante.

Dépité, Wilkinson comprit que la belle fusée qu'il croyait mettre sur orbite venait de faire long feu.

— Eh bien vous, dites donc, c'est quelque chose !… Ça vous arrive d'ouvrir un journal ou de regarder la télévision, inspecteur ?

— À vrai dire non, pas souvent. Pour me détendre, je préfère me passer un CD, écouter une compil', pianoter sur mon portable, ou bien je sors en ville.

— Donc Will Tyron Junior, ça ne vous dit absolument rien ?

— Pas plus que le nom du capitaine de l'équipe nationale de curling.

— Bon... Visiblement, on n'y coupera pas... Allez, je reprends tout à zéro. La bande de votre engin, elle va suffire au moins ?

— J'ai deux heures d'autonomie, commissaire. Pas de souci.

— Ça nous en fait déjà un de moins, soupira Wilkinson, complètement désabusé... Essayons d'être clair. Le caddie, c'est le type qui porte les clubs de golf du joueur. Vu ?

— Jusque-là, je vous suis. On peut continuer.

— Les meilleurs mondiaux s'affrontent lors de grands tournois internationaux, un peu comme au tennis. Il y a un *British Open*, un *US Open*, un *Masters*...

— Ah, d'accord... Ça, ça me parle commissaire. Alors Will Tyron Junior, c'est une sorte de Roger Federer de la petite balle blanche ?

— Splendide déduction, inspecteur ! Vous me rassurez... Et comme je vous le disais, Buddy Nelson était il y a quelques mois encore le caddie attitré de ce joueur. Ça va ?

— Oui. Mais pourquoi ne travaille-t-il plus pour lui à présent ?

— Très bien Sweeney, je constate avec plaisir que vous êtes de retour parmi nous... Il y a un peu moins d'un an environ, la presse a parlé d'une liaison extra-conjugale entre Will Tyron Jr et... et ?... Je vous le donne en mille :

— La femme de son caddie ?

— Bingo ! Amanda Nelson, la victime. Afin d'éviter de faire la une des tabloïds, Tyron Jr s'est séparé de Nelson dès la reprise de la saison actuelle. Et ce n'est pas tout.

— C'est déjà bien comme ça, commissaire. Non ?

— Il s'agit d'un élément important, inspecteur, qui motive le fait que l'on nous confie cette affaire. Je vous ai dit qu'Amanda Nelson était la fille du général Arthur Boyle, vous vous souvenez ?

— Euh… Oui.

— Évidemment, vous ne savez pas qui c'est ?

— Ben…

— Le général Arthur Boyle est l'un des deux codirecteurs de l'USPGA, la *Professional Golfers' Association* qui gère le circuit mondial de golf. Il s'agit de la plus grande organisation de sports au monde, 28 000 employés – ne mémorisez pas Sweeney, tout est dans le dossier – et un chiffre d'affaires largement supérieur à celui de la formule Un ou à celui du football. Vous voyez le tableau ? À côté de ça, Boyle, même s'il est aujourd'hui à la retraite, est l'ancien numéro deux du Pentagone. Pendant une année, il a même été le conseiller militaire du dernier président américain… Quand il a quitté l'uniforme, atteint par la limite d'âge, Boyle a rejoint la chaîne de magasins « Wat Mall » comme directeur général. Et en à peine trois ans, il a redressé les comptes de la firme pour en faire le leader mondial de l'agroalimentaire. C'est pour cette raison que, par la suite, le conseil d'administration de la PGA l'a élu à sa tête. Un sacré bonhomme, n'est-ce pas ?… Et donc, cette Amanda Nelson qui nous occupe, était sa fille.

— Eh bien ça, commissaire… Pas banal.

— Vous comprenez mieux pourquoi je vous parlais de votre « grande première », inspecteur ?

— Mais commissaire, vous voulez vraiment que ce soit moi qui m'en charge? Je préférerais continuer d'aider McTirney dans l'affaire des deux types qu'on a retrouvés noyés dans le port. Je connais bien les éléments de son enquête, je pourrais prendre la suite, et lui, si vous êtes d'accord…

— Du calme Sweeney, du calme. J'y ai bien réfléchi. Laissez McTirney régler le cas de ces sous-mariniers amateurs… En dépit des apparences, c'est un boulot assez simple que je vous demande. Même si vous devez travailler seul, cela conviendra parfaitement pour vous roder. En fait, tout ce que j'attends de vous, c'est que vous me fassiez la jointure pendant le mois d'août. Le service est à poil pendant les vacances, vous le savez bien. J'ai besoin de quelqu'un qui m'établisse le dossier sur des bases suffisamment solides jusqu'à ce que je retrouve mon effectif complet début septembre. À ce moment-là, on redistribuera les cartes. Je confierai l'affaire à deux vieux routiers, et il est probable qu'alors je vous laisserai retourner travailler avec l'inspecteur McTirney… Les règles du jeu vous semblent claires, Sweeney?

— Dans ces conditions… Oui, commissaire. Mais vous disiez que les témoins principaux se trouvaient aux États-Unis. Je ne vois pas comment je pourrais déblayer efficacement le terrain s'il est impossible de…

— Et ça? lui répondit Wilkinson radieux, et il déplia sous le nez médusé de Sweeney un papier carboné de couleur rose, d'un modèle que le jeune inspecteur n'avait encore jamais vu.

— Vous savez ce que c'est, inspecteur?

Sweeney sentit son regard se figer, incapable

d'aller au-delà des lettres en caractères gras qui surplombaient l'en-tête : *INTERPOL* !

— C'est… C'est génial, commissaire. Ça veut dire que… que je vais…

— Eh oui, sacré veinard. Vous allez faire un tour chez l'oncle Sam. Bon d'accord, pas longtemps. Cinq jours seulement. Dans ce délai, à vous de recueillir, en étroite coopération avec les services de police locaux bien sûr, les témoignages qui nous permettront de lancer les bonnes procédures à la rentrée… Toujours partant, Sweeney ?

— Si je m'attendais. C'est pour quand, commissaire ?

— Vous vérifierez avec le secrétariat administratif, ce sont eux qui font la paperasse. Ils ont encore besoin de certaines de vos coordonnées, carnet de vaccination, passeport, etc. A priori, vous partez dans une dizaine de jours.

— Et où est-ce que je vais ?

— Ah oui, c'est vrai. Vous êtes sûrement déjà allé aux États-Unis ?

— Ben… Non, jamais.

— Mais vous n'en loupez pas une vous, décidément… État de Géorgie, Augusta, vous voyez où ça se situe ?

— …

— Sweeney, rappelez-moi de vous offrir un atlas pour votre anniversaire… Sud-est des *States*, tout près d'Atlanta. La Géorgie, les champs de coton, *Autant en emporte le vent*, vous y êtes cette fois ? Je continue… Nous avons pris contact avec le général Boyle. Du 11 au 14 août prochains, tous les joueurs et leurs caddies se retrouveront pour quatre jours à Augusta, à l'occasion de l'*US Open*. En dépit de l'importance majeure de ce tournoi, nous avons la bénédiction de Boyle et de la PGA pour auditionner tous les témoins nécessaires à notre enquête. L'officier de liaison américain qui vous « chapeautera » – il n'y a pas d'autre mot –, sera le lieutenant McDermott.

— Un Écossais ?

— Mais je n'en sais rien ! Vous lui demanderez vous-même… Beaucoup plus important : ne perdez jamais de vue que la victime, même si elle est décédée à St Andrews, est de nationalité *américaine*, et que vous irez interroger des citoyens *américains* sur le territoire *américain*. Et tout ça sous la menace d'une possible médiatisation de l'affaire, en raison de la personnalité de Boyle et plus encore de celle de Tyron Jr, l'amant présumé de la victime et ancien patron de son mari. En clair, on marche sur des œufs inspecteur. OK ?

— Ça, j'avais bien compris, commissaire.

— En outre, quand vous serez sur zone, compte rendu téléphonique quotidien, et je me fiche du décalage horaire ! À votre retour, rapport complet. Mais ça, vous devriez savoir faire puisque vous sortez d'école.

— Pas de problème, commissaire. Vu.

— Questions jusque-là ? Non ? Alors je vous résume le topo en trois mots : 1) *Respect des consignes* ; 2) *Prudence* ; 3) *Initiative zéro*, et cette partie-là de la bande, n'hésitez pas à vous la repasser vingt fois s'il le faut. C'est clair ?

— Très clair, commissaire.

— Bien. D'ici-là, dès que vous aurez réglé les formalités de votre départ, vous filerez à Dundee et vous prendrez contact avec l'équipe qui a commencé le boulot. Surtout Sweeney, surtout : du tact avec les gars de Dundee. Vous vous doutez bien qu'ils ont dû bigrement apprécier d'être dessaisis de l'affaire sans préavis. Les collègues risquent d'être à cran, et pourtant, ce sont leurs premières constatations qui serviront de socle à tout ce que l'on construira par la suite. Souvenez-vous de ça, inspecteur.

— OK.

— Très bien. Si vous avez le moindre besoin, venez me voir. Je vous confie le dossier, il est à vous dorénavant… Euh, Sweeney… Votre machin, là, sur mon bureau…

L'inspecteur s'empressa de replonger le dictaphone dans sa poche de pantalon, glissa sous son bras la précieuse chemise jaune estampillée « *Amanda NELSON* » et, enfin, il fit faire demi-tour à son collier de barbe rousse en direction de la sortie. Puis, encore abasourdi par l'incroyable responsabilité qui venait de s'abattre sur ses jeunes épaules, il referma dans son dos la porte de son supérieur.

Toujours incrédule, Sweeney s'arrêta un peu plus loin, au beau milieu du couloir exigu de la criminelle. Afin de se persuader définitivement de la réalité de la mission qui venait de lui être confiée, il compulsa sans même les lire les feuillets et les rapports qui s'entassaient de façon désordonnée dans le dossier cartonné. Soudain, une pensée qui l'avait taraudé durant tout l'entretien finit par refaire surface dans son esprit : *Ça y est ! Je sais à qui le commissaire Wilkinson me fait penser. Il ressemble à Mickey Rooney, l'acteur ! En plus jeune, mais en moins drôle aussi…* et l'inspecteur Sweeney, définitivement rassuré sur ses talents de physionomiste, put regagner son bureau le cœur léger.

Entorse à l'étiquette

Sept heures. Le soleil se levait sur l'estuaire de l'Earn, tirant l'Écosse de sa torpeur. Ses rayons commençaient à glisser sur les draps encore plissés de la mer du Nord, dévoilant ses courbes d'opale. Nues et apaisées, les vagues étaient d'une rare beauté… Jamais Sweeney ne s'était lassé de ce spectacle.

La Ford Escort filait vers le sud, sa peinture verte et défraîchie insensible aux reflets de la lumière matinale. Seule la barbe rousse du jeune inspecteur semblait s'enflammer sous la caresse déjà chaude du jour naissant. Ébloui par son éclat, Sweeney se pencha alors sur sa gauche, puis il tira de l'anonymat de la boîte à gants une paire de Ray-Ban aux montures déglinguées. Il jeta un coup d'œil sur l'horloge à cristaux liquides du tableau de bord : « 7 am ». *Parfait*, pensa-t-il, *dans moins de quinze minutes, je serai à St Andrews.*

*

Sweeney avait passé la nuit précédente à Aberdeen, chez tante Midge. Il était allé lui confier Berthie, son teckel à pedigree, en prévision de son départ imminent pour les États-Unis.

Avant de quitter son studio d'Édimbourg, Sweeney avait pris la précaution d'appeler sa tante. Il lui avait demandé si, pendant une quinzaine de jours, elle pouvait accueillir son ratier perclus d'eczéma, le temps pour lui de mener à bien sa première mission. Puis il avait ajouté, flatteur, que tante Midge était de toute façon la seule personne à laquelle il faisait confiance pour s'occuper de Berthie. Enfin, grimpant d'encore un ou deux degrés sur l'échelle de l'hypocrisie, il lui avait également demandé si elle accepterait de le garder à dîner, ou même de l'héberger pour la nuit, avant qu'il ne reparte pour Dundee le lendemain matin.

Comme s'il ne savait pas que tante Midge était incapable de lui refuser quoi que ce soit… Comme s'il ignorait que son ancienne chambre à l'étage était toujours prête… Tous ces préliminaires n'étaient, finalement, qu'un jeu subtil entre Sweeney et sa tante, un code secret destiné à accroître leur plaisir mutuel de se retrouver.

Car tante Midge avait élevé Sweeney. Elle avait recueilli l'orphelin de cinq ans dans sa maison du quartier portuaire d'Aberdeen, installant le fils de son frère dans son unique chambre tapissée de jaune. Elle-même s'était contentée d'un lit jeté à la hâte dans la remise, derrière la cuisine.

La demeure en briques n'était pas grande. Elle avait appartenu au grand-père Sweeney, docker sur le port, et la tante célibataire en avait hérité à la mort du patriarche. Jamais elle n'aurait imaginé que sa solitude serait aussi vite comblée par l'irruption d'un jeune garçon que, dorénavant, elle avait appris à aimer comme son propre fils.

Tante Midge était si fière de la réussite d'Archie, elle avait tant prié et remercié Dieu pour sa réussite au concours d'entrée dans la police… Mais aussi, comme son neveu lui manquait à présent…

*

La voiture finit de franchir le pont sur l'estuaire, et Sweeney pénétra dans le Fife. Une heure et demie plus tôt, après lui avoir servi un roboratif *breakfast*, tante Midge l'avait embrassé sur la joue. Puis, comme à l'accoutumée, elle lui avait recommandé d'être prudent sur la route. Mais elle savait parfaitement ce qui poussait Archie à la quitter de si bonne heure et à s'enfoncer seul dans la nuit.

À chaque fois qu'il partait d'Aberdeen, quelle que soit sa destination, le jeune homme se dirigeait tout d'abord vers l'ouest, par l'A93. Il roulait une vingtaine de minutes, longeant sur sa gauche le cours étroit et vigilant de la rivière Dee. Parvenu à Crathes Castle, il stationnait le vert usagé de sa Ford sur un parking le plus souvent boueux et continuait à pied sur la lande, son sens de l'orientation braqué vers le nord plus sûrement qu'une boussole. Indifférent au tracé des rares sentiers, et même au cœur de la pénombre, Sweeney savait qu'il *la* retrouverait.

Derrière un dernier mamelon d'herbe rase, abandonnée dans le creux d'un vallon, *elle* surgit enfin.

En s'approchant, Sweeney étendit doucement la main, comme pour mieux *l*'appréhender. Puis il *la* toucha. Vingt ans déjà que la croix de granit se dressait là, digne et douloureuse.

Sweeney l'effleura de ses doigts, la caressa. Il ferma alors les yeux et, rien qu'en la frôlant, il parvint à en lire l'inscription gravée :

En mémoire de Jack et Rosa SWEENEY
Assassinés sur la lande le 21 novembre 1984

L'année de ses cinq ans. P… ! Et chaque fois, ses doigts trop fragiles s'attardaient, comme pour tenter d'inscrire dans la pierre cette ligne à jamais manquante : le nom de cet enfant de salaud qui l'avait à jamais privé de ses parents ! Quel mal avaient bien pu faire ces deux amoureux, en se baladant au milieu des bouquets de bruyères, pour qu'on leur explosât le crâne de deux coups de fusil tirés à bout portant ? Sa vocation de policier s'enracinait dans cette question demeurée sans réponse.

Pour éviter de trop souffrir, Sweeney préférait s'imaginer que leur promenade n'avait jamais pris fin, qu'ils étaient peut-être toujours là, main dans la main, quelque part sur la lande… Puis, après avoir apposé une dernière fois la paume de sa main contre la pierre stérile et muette, Sweeney s'en retourna, poursuivant le cours de sa propre existence…

Ce matin-là, en quittant Crathes Castle, il avait bifurqué vers la mer en direction de Stonehaven. Puis, une fois sur la voie rapide, sa destination plus au sud l'avait contraint à s'éloigner momentanément de la présence apaisante des vagues. En pénétrant dans Dundee assoupie, Sweeney avait jugé qu'il était encore trop tôt pour honorer le rendez-vous pris, trois jours auparavant, avec ses collègues Stirling et Moray.

Alors, plutôt que d'aller tuer un temps inutile et déjà mort sur le premier comptoir venu, à la gare ou sur le port, il songea qu'il serait plus judicieux de commencer par aller jeter un coup d'œil du côté du golf de St Andrews, là où l'on avait découvert le cadavre ensablé d'Amanda Nelson. Il n'en était désormais plus éloigné que d'une dizaine de minutes.

Le soleil levant continua d'accompagner Sweeney tout au long de son parcours sur le front de mer. Il finit par atteindre une pancarte où deux clubs de golf, croisés sur la poitrine d'un moine en robe de bure, précédaient l'inscription « *St Andrews Links* ». La pointe de la flèche invita l'inspecteur à tourner à gauche, puis Sweeney se laissa guider par la brise marine.

Après quelques dizaines de yards, un vaste parking s'offrit aux roues indécises de la Ford Escort. Sweeney choisit finalement de se ranger dans l'ombre protectrice du club house.

Claquant sa lourde portière, il sentit aussitôt la froideur matinale qui lui sautait sur le dos. L'inspecteur vit tous les poils de sa barbe se hérisser, comme glacés de surprise. Alors, d'un pas décidé, il se hâta de gagner la chaleur bienfaisante des premiers rayons du soleil.

*

— Hey, m'sieur ! Sortez d'là !

Surpris, Sweeney tourna la tête vers les bâtiments. Il vit alors surgir d'un hangar attenant, tel un diable de sa boîte, un homme au visage émacié, sec comme seuls savent l'être les habitants des Highlands.

L'employé gesticulait tellement que sa casquette de velours gris menaçait à tout instant de se dévisser du sommet de son crâne.

— Mais sortez d'là j'vous dis ! Oh, vous êtes sourd ? hurla-t-il encore.

À travers l'odeur de gazon fraîchement coupé, l'homme brandit alors un inquiétant sécateur.

Sweeney, tétanisé par les imprécations et les mouvements de bras de celui qu'il imaginait être un jardinier, demeura figé sur place. Puis, soudain, la casquette grise se mit à progresser vers lui.

L'homme à la silhouette filandreuse paraissait avoir une cinquantaine d'années. Le front incliné au-dessus de ses bottes, comme pour mieux fendre l'air, il grommelait pour lui-même :

— C'est pas possible en c'moment… Y vont m'rendre fou. Faudra bientôt engager des vigiles ou quoi ?…

Parvenu à la limite de la surface d'herbe plus claire et lisse au centre de laquelle se tenait Sweeney, l'enragé stoppa net.

— Vous vous croyez où ? aboya-t-il. C'est privé ici. Vous avez pas vu les pancartes ?

— Eh bien… Si, justement. Je voulais simplement voir à quoi ressemble le trou d'un golf. J'ai vu le drapeau, là, et je suis venu jeter un coup d'œil. Je ne pensais pas que c'était interdit, se justifia l'inspecteur, embarrassé.

La casquette grise leva les yeux au ciel.

— On m'l'avait jamais faite celle-là ! Voir un trou... Allez, sortez du green maintenant. Au cas où vous l'auriez pas r'marqué, c'est pas encore l'heure des visites !

Rassuré par la touche d'humour du vieux jardinier, Sweeney accepta de s'éloigner du petit drapeau marqué d'un *18* et il sortit enfin ses chaussures du cercle de gazon vert. Puis, en se rapprochant du Cerbère de St Andrews, il respira tout à coup les effluves de mélange pour tondeuse dont les vêtements de ce dernier étaient imprégnés.

Malgré la bonne volonté manifestée par l'intrus, l'homme des Highlands ne décolérait pas :

— Mais qu'est-ce que vous foutez là, à cette heure ? Vous cherchez quoi ? Si vous êtes un curieux, ou un journaliste – c'est pareil –, j'vous préviens que j'vais appeler la police.

— Pas besoin, elle est déjà là, rétorqua Sweeney.

Le jeune homme farfouilla maladroitement dans son portefeuille – c'était la première fois qu'il sortait sa carte, après tout – et il parvint enfin à exhiber son insigne flambant neuf d'inspecteur de police.

— Inspecteur Sweeney. Police criminelle. Je viens au sujet de la jeune femme que l'on a retrouvée assassinée chez vous, il y a deux semaines.

La casquette grise se fit brusquement penaude à son tour.

— Ah bon ? À c't'heure-là ? Faut prévenir, dites. J'peux pas d'viner moi. J'pensais que c'était réglé. J'ai déjà déposé quand vos collègues sont venus.

— L'enquête se poursuit, monsieur. Ce n'est pas si simple, vous savez. Est-ce que vous pourriez me montrer l'endroit où la victime a été découverte ?

— Euh... Y aurait pas d'problème pour ça, vu qu'c'est moi qui l'ai trouvée, mais...

— Ah, vous êtes le jardinier qui l'a découverte ? J'ai...

— Greenkeeper, m'sieur. Greenkeeper, pas jardinier. C'est loin d'êt'pareil.

— Oh, excusez-moi ! Je n'y connais rien en matière de golf. Vous auriez deux minutes pour m'indiquer l'endroit ?

— C'est qu'il faut plus de deux minutes, m'sieur. C'est pas à côté. Et puis y'a du boulot l'matin avant l'ouverture. On chôme pas... Bon. Bougez pas. J'vais voir mes gars. Ils commenceront par le *Jubilee*, le temps que j'revienne... Restez là, hein ?

Et Sweeney vit le grand échassier disparaître à nouveau sous le hangar.

Quelques instants plus tard, l'homme réapparaissait au volant d'une de ces ridicules voiturettes électriques que Sweeney n'avait vues jusqu'alors que dans les séries télévisées.

— Vous montez m'sieur ? J'vous ai dit qu'c'était pas à côté.

Légèrement intimidé, l'inspecteur embarqua à la gauche du greenkeeper. Il constata que les jambes trop longues de son chauffeur peinaient à s'affairer sous le volant. Pourtant, l'engin démarra sans un bruit et bondit sur un chemin qui semblait s'enfoncer dans une jungle parfaitement ordonnée de gazon bicolore, de petits drapeaux rouges et de trous invisibles.

— Désolé d'avoir braillé tout à l'heure, m'sieur. Mais quand j'vous ai vu en train d'vous balader sur le green du 18 de l'*Old Course*, j'ai bien cru dev'nir fou.

— Le *Old Course*?

— Vous connaissez pas? Non, vous rigolez? Mais c'est le plus vieux parcours de golf au monde, m'sieur! Ça fait six cents ans qu'on joue là. C'est même ici que les règles ont été inventées, alors vous imaginez…

— Non, pas vraiment.

— Ce parcours, mais c'est un monument du golf m'sieur. C'est comme les pyramides d'Égypte, la Tour de Londres… Tout golfeur qui s'respecte doit v'nir y jouer au moins une fois dans sa vie. Il faut avoir vu ça. Le délai d'attente est de plusieurs semaines, de plusieurs mois parfois… Alors l'aut'jour, quand j'lai trouvée… Bon dieu! Jamais j'aurais cru qu'un truc pareil m'arriverait. Trente-cinq ans de carrière, et y faut qu'ça s'passe juste avant la retraite. Vous auriez jamais vu ça y'a vingt ans encore. Mais maintenant, les gens, y s'foutent de tout…

— Dites monsieur… monsieur?

— Logan, Harry Logan. J'suis le patron des greenkeepers.

— Monsieur Logan, le *Old Course*, ce sont tous ces trous que l'on voit sur notre gauche?

— Non. L'*Old Course*, c'est juste ceux qui longent le ch'min. En tout, on a six parcours différents : l'*Old Course*, le *New*, le *Jubilee*, l'*Eden*, le *Strathtyrum*, et le *Balgove*. C't'une usine ici. Tous les jours, on a des centaines de joueurs, et des bons en plus. Y a quinze jours, c'était pire encore.

— À cause du *British Open*?

— Non, pas directement. L'*Open* se jouait au

Royal Troon, près de Glasgow sur la côte ouest, du jeudi au dimanche. Mais les jours d'avant, on accueillait la plupart des pros : Will Tyron Jr, Robby Elster et tous les autres, la crème quoi. Y z'étaient venus chez nous pour s'préparer dans des conditions proches de celles de l'*Open*. C'est dans ces journées-là qu'on a réglé son compte à l'Américaine, hein ? Quand y z'étaient encore chez nous ? C'est c'que vos collègues m'ont dit en tout cas.

— C'est bien ça. Apparemment le mardi après-midi, celui qui précédait le *British Open*.

— Ouais. Mais j'leur ai dit à vos collègues : que voulez-vous qu'on r'marque avec un va-et-vient pareil ? C'est même un sacré coup d'chance que j'l'ai trouvée si vite l'Américaine. Elle aurait pu rester là-dedans bien plus longtemps encore… Tiens, on arrive !

Harry Logan stoppa son véhicule à la sortie d'une courbe, pilant devant la pancarte annonçant le « *6th HOLE* ».

— On y est, m'sieur. Le sixième trou, le *Heathery*, c'est là qu'elle était, annonça le greenkeeper, et il étendit son bras au-dessus d'une succession ininterrompue de trous et de bosses aux teintes d'un vert plus ou moins prononcé.

— Pardon, monsieur Logan : à quelle distance sommes-nous de notre point de départ, du club house je veux dire ?

— On a bien fait un mile et demi. J'vous avais dit qu'c'était pas à côté.

— Et qu'est-ce qu'il y a tout autour de nous ?

— Ben, regardez vous-même : à droite, c'est le rough, avec la zone boisée. Sinon, là, au sixième trou du *Old*, on est en plein cœur du site de St Andrews.

Y a qu'des parcours, à gauche comme à droite. Un vrai labyrinthe.

— Mmm… Et vous avez trouvé la victime dans un trou de sable, c'est bien ça ?

— Dans un bunker, m'sieur, celui qui s'appelle le *Nick's*. Vous l'voyez ?

Le greenkeeper pointa du doigt une tache que Sweeney, malgré tous ses efforts, ne parvint pas à identifier.

— On peut s'y rendre à pied, monsieur Logan ? Ce n'est pas trop éloigné cette fois ?

— Ouais, on peut. Y a… Ouais, dans les deux cent cinquante yards… On y va ?

— On y va, répondit Sweeney.

Et les deux hommes s'engagèrent au beau milieu du fairway, protégés grâce aux arbres inclinés sur leur droite d'une brise marine de plus en plus rageuse.

— C'est un des rares endroits où le vent est coupé à St Andrews. Chez nous, l'ennemi du joueur, c'est le vent d'la côte, à droite. Y peut arriver que même si vous tapez un bon coup, une rafale sorte votre balle du parcours… Comme ça, pffft !

Et Harry Logan mima le mouvement d'une gifle balayant l'espace.

— Monsieur Logan, vous me disiez que la victime aurait pu rester là beaucoup plus longtemps ?

— Ben oui. Un vrai coup d'chance, si on peut dire. Dans la nuit du dimanche au lundi, la veille que j'la trouve, il est tombé un orage comme y en a pas deux dans l'année. Vous êtes du coin, m'sieur ?

— Oui, d'Aberdeen. J'imagine très bien ce qui est tombé.

— Le *Nick's*, le bunker, est situé dans un pli du

terrain… Regardez, on approche… L'eau stagne, y faudrait qu'on draine tout autour d'ailleurs… Bref, j'suis allé voir les dégâts. Le bunker était transformé en mare aux canards… Injouable ! J'ai évacué la flotte sur les côtés, et puis j'ai commencé à vouloir remettre le sable d'aplomb… Tenez, on y est… J'ai pris la pelle, là, et…

— Euh… Monsieur Logan, la pelle et le râteau, ils sont toujours là ? À côté du trou ?

— Pour sûr ! Les bunkers sont profonds chez nous. Et c'est pas rare que les joueurs y expédient leur balle, même les fortiches. Y sont faits pour ça, les obstacles… Alors la règle exige que lorsqu'on a joué son coup, au besoin qu'on restaure le sable et, au minimum, qu'on l'ratisse, pour les joueurs qui suivront… C'est dans l'esprit du jeu, c'est conforme à l'étiquette.

— Donc le jour où l'Américaine a été tuée, la pelle et le râteau se trouvaient là ?

— Ben oui, évidemment. C'est même sûr que l'type qui l'a enterrée s'en est servi.

— Mmm… Vous disiez aussi que vous aviez voulu réparer le bunker, monsieur Logan ?

— Ouais. Les trombes d'eau avaient creusé le bas du trou, ici, vous voyez ? Alors j'ai pris la pelle, j'ai r'mis dans l'bunker le sable qui s'était sauvé jusque sur l'herbe, et j'ai commencé à ratisser ensuite, pour égaliser.

— Et après ?

— La trouille de ma vie ! Tout à coup, les dents d'mon râteau ont accroché. Je m'suis dit qu'y devait s'agir d'une balle qui était restée là, qu'elle devait être enfoncée depuis un moment. Parce que, comme la pluie avait raviné pas mal, le niveau du bunker avait baissé, on attaquait une couche de sable ancienne. Vous voyez ?

— Oui, je comprends.

— Alors je m'suis penché pour retirer la balle… Et là, j'vous jure, bon dieu ! J'suis sorti du trou d'un bond, comme si l'Enfer et le Purgatoire s'ouvraient juste sous mes pieds !… Y avait deux doigts qui dépassaient, tout blancs, à c't'endroit-là… Au début j'y croyais pas vraiment, je m'suis dit qu'c'était une blague des collègues, une fausse main quoi… J'ai gratté pour voir… La main, le poignet, tout le reste… C'est idiot vous m'direz, mais aussitôt j'ai continué à gratter pour trouver la tête, des fois que… On réfléchit pas dans ces moments-là.

— Non, au contraire, c'est naturel. Je crois que j'aurais fait la même chose. Et alors ?

— Alors… Ben, j'ai vite vu qu'ça servait plus à grand-chose.

— Vous vous souvenez de votre première impression ? C'est important.

— Vous posez d'drôles de questions, vous… Elle était pas belle la fille, vous savez. La pauvre commençait à avoir la peau rongée, elle était couverte de sable, toute boursouflée… Et puis surtout… sa pauv'tête…

— Oui ?

— J'avais jamais vu ça, vous pensez bien. En creusant, j'ai vite remarqué qu'il lui manquait une partie d'son crâne. Alors je m'suis arrêté. J'l'ai r'couverte vite fait et j'ai appelé le club house sur mon mobile, pour qu'y préviennent les secours. Et j'ai attendu là, le temps qu'y z'arrivent… Voilà, c'est tout.

— Mais c'est déjà bien, monsieur Logan. Ça va depuis ? Vous n'avez pas été trop remué par votre découverte ?

— C'est vrai, c'est pas facile à vivre. Ça m'a fait un choc.

— Bien sûr, ce n'est pas tous les jours que l'on découvre la victime d'un meurtre.

— Oh non, c'est pas l'meurtre, m'sieur. Ça, ça peut encore aller. Mais qu'on ait pu faire ça chez nous, et sur l'*Old Course* en plus ! Une femme morte dans un bunker de l'*Old Course* ! Ah ça non ! C'est pas un meurtre ça, m'sieur, c'est… comment vous dire… C'est pire : une véritable entorse à l'étiquette !… Croyez-moi m'sieur, jamais un joueur de golf digne de c'nom aurait pu faire ça !

— Mmm… Merci en tout cas, monsieur Logan. J'ai beaucoup appris grâce à vous. On rentre maintenant ? Je ne voudrais pas abuser de votre gentillesse.

*

— Inspecteurs Stirling et Moray ? demanda la barbe rousse en pointant un sourire béat par la porte entrebâillée.

— Ouais, qu'est-ce que vous leur voulez ? répondit le plus large et le plus ancien des deux, planté derrière le bureau face à l'entrée.

— Inspecteur Sweeney, d'Édimbourg. J'avais rendez-vous à neuf heures trente et…

— Déjà ? On commençait à s'inquiéter, dites donc !

— Oui, je sais. J'avais peur que vous ne soyez partis déjeuner.

— Ah, pour ça, on était sur le point… Mais où

est-ce que vous étiez passé, mon vieux ? Vous avez vu l'heure ? Vous vous êtes perdu en traversant le Fife ou bien vous êtes allé faire du shopping ?

Et l'ancien, goguenard, cligna de l'œil en direction de son collègue.

— En fait, non. Je suis même arrivé trop tôt sur Dundee, commença d'expliquer Sweeney. Alors j'ai préféré m'en aller faire un tour à St Andrews.

— Quoi ? manqua de s'étrangler le plus jeune, et il abandonna d'un coup son air suffisant.

— Faut pas vous faire ch…, dites ! Qu'est-ce que vous êtes allé foutre là-bas ? La moindre des choses…

— La moindre des politesses, je dirais, surenchérit l'ancien.

— Oui, tu as raison, ç'aurait été d'attendre qu'on se voie d'abord, non ? Vous vous croyez décidément tout permis, vous autres, à Édimbourg !

— Je rêve…

— Alors déjà qu'on nous dessaisit du jour au lendemain, comme si nous autres, à Dundee, on était les derniers des incapables…

La colère de Stirling et Moray – ou Moray et Stirling, Sweeney ne savait pas encore très bien – enflait dangereusement. On était loin du tact que lui avait recommandé le commissaire Wilkinson. Sweeney comprit qu'il lui fallait d'urgence rectifier le tir :

— Vous savez, personnellement, je n'ai jamais demandé à récupérer cette affaire. Si ça n'avait tenu qu'à moi… Et puis pour ce matin, j'ai cru bien faire, c'est tout. J'ai le couteau sous la gorge, moi. Dans trois jours, je serai aux USA pour interroger les principaux témoins de l'affaire, ça passe vite. Je n'ai pas le droit à l'erreur, vous comprenez… Alors désolé si j'ai fait du zèle.

Le duo d'inspecteurs parut convaincu par le ton direct et franc de ce jeunot au visage cerclé d'une étonnante barbe rousse.

— Faut nous comprendre aussi, dites… lui fit alors remarquer le plus ancien : Moray !

Sweeney venait enfin de repérer la plaquette patronymique sur son bureau.

— On avait à peine commencé le boulot qu'on nous a poussés en touche sans ménagement. Comme si vous, à Édimbourg, vous étiez plus qualifiés que nous autres, pauvres péquenauds de Dundee !

— D'après ce que j'en ai compris, intervint Sweeney, c'est surtout la hiérarchie qui a pétoché. C'est dû à la personnalité de la victime. En conservant l'affaire à leur niveau, je pense que les pontes de la capitale espèrent ainsi pouvoir tenir l'enquête « rênes courtes ».

— Il doit avoir raison, l'approuva Stirling.

Ouf ! La glace est rompue, se félicita Sweeney.

— Un mug de café frais ? proposa Moray.

Sweeney accepta d'un signe de tête.

— Assieds-toi… On se tutoie entre collègues ? Comment tu as dit que tu t'appelais, déjà ?

— Sweeney.

— Tu es tout seul sur l'affaire ?

— Oui. Manque d'effectifs en période estivale, je fais la jointure jusqu'à la fin août. Ensuite, deux nouveaux collègues du service prendront la relève à la rentrée.

Moray leva les yeux au plafond, désabusé par l'indigence manifeste de la police écossaise.

— Bon, c'est pas grave. On t'a préparé un dossier avec toutes les photocopies nécessaires. On va t'expliquer ce qu'on a eu le temps de collecter avant d'être éjectés, entama Stirling.

— Dictaphone, je peux? le coupa Sweeney, et il exhiba un curieux petit boîtier japonais.

— Euh… Oui, si tu veux.

— Ça me donne l'impression que c'est moi qu'on auditionne, protesta Moray, mi-amusé mi-contrarié.

— Je travaille toujours avec. Je trouve que c'est important lors d'un entretien de ne pas se fier qu'à ses seules impressions, ou à des souvenirs forcément imprécis. Il me semble que c'est la seule façon d'être vraiment objectif et rigoureux.

— OK, c'est bon. Laisse tourner ton bidule si ça peut t'aider… Alors, St Andrews, qu'est-ce que tu es allé y faire?

— J'ai eu de la chance. Je suis tombé sur Harry Logan, le greenkeeper.

— Oui, très bien. C'est moi qui l'ai auditionné, releva Stirling.

— Il m'a conduit sur le trou n°6. Ça m'a permis de me faire une idée de l'endroit où l'on avait assassiné Amanda Nelson.

— Effectivement, tu n'as pas perdu ton temps, observa Moray, admiratif.

— Je me suis mis dans le rythme, si l'on peut dire. En revanche, ce que Logan n'a bien sûr pas pu me préciser, et ça ne figurait pas non plus dans le dossier que j'ai reçu à Édimbourg: est-ce qu'il s'agit d'un crime à caractère sexuel?

— Non monsieur. Tu verras ça avec le légiste, je t'en parlerai après, mais ça n'y ressemble pas. La victime se présentait habillée, en tenue de golfeuse. On ne l'a pas touchée. A priori, rien à chercher de ce côté-là.

— J'imagine que vous avez vérifié s'il n'y avait pas dans la région un détraqué qui se serait signalé ces derniers temps ?

— Bien sûr. Là aussi, rien d'approchant. Dans notre secteur, la dernière fois qu'un type a fracassé le crâne d'une femme, c'était il y a quinze ans. Un mari jaloux, qui avait balancé son marteau dans la nuque de sa chère et tendre. Et le bricoleur est toujours à l'ombre… Par chez nous tu vois, ce serait plutôt le revolver ou le fusil : nous sommes des gens civilisés à Dundee ! plaisanta Stirling.

Moray ajouta :

— Par conséquent, si l'on a affaire à un maniaque ou à un *serial killer* en goguette, Amanda Nelson aurait eu la déveine d'être le numéro un sur sa liste. Et commencer sa série au cœur du golf de St Andrews, en plein jour qui plus est… Je sais bien que tout est toujours possible, mais c'est peu probable.

— Mmm… Les empreintes digitales ? Sur le râteau, ou sur la pelle ?

— Rien. Ou plutôt beaucoup trop… Tu penses bien : un joueur sur deux a dû s'en servir pendant les six jours où le cadavre est resté là. Inexploitable.

— Les seuls éléments valables dont on dispose sont dans le dossier que l'on va te donner. Évidemment, tu dois déjà savoir qu'on n'a pas eu grand monde à confesse.

— J'ai appris. C'est aussi ce qui me permettra de découvrir la Géorgie et Augusta. Le malheur des uns…

— Ceci dit, le coupa Moray, je ne sais pas combien de temps tu passeras là-bas ?...

— Cinq jours.

— ... mais tu vas avoir du pain sur la planche. Regarde, ici tu as la liste des personnes que nous avons entendues. Les employés du golf tout d'abord : rien vu, rien remarqué. On a bien aperçu une jolie blonde qui partait faire un parcours en fin d'après-midi, mais elle n'était pas inscrite sur le planning du club house de St Andrews. On a vérifié : pas d'Amanda Nelson prévue ce jour-là. Elle a dû rejoindre ou accompagner une autre personne. Laquelle, on ne sait pas. Comme les pros qui s'entraînaient sur le site avaient carte blanche pour partir à leur gré sur les six parcours existants, tu vois le problème... À toi de chercher maintenant.

— On t'a quand même joint les noms de tous les joueurs qui étaient présents cet après-midi-là à St Andrews, ainsi que ceux de leurs caddies. Tu verras par toi-même, ce ne sont quasiment que des golfeurs professionnels du *PGA Tour*, sélectionnés pour le *British Open* qui commençait le jeudi suivant.

— Quant au personnel hôtelier : fiasco complet. Amanda Nelson était bien descendue la veille à l'hôtel, mais à Londres ! Elle arrivait tout juste de Floride.

— Seule ?

— Seule. Pour sa part, son mari se trouvait en Écosse depuis déjà trois jours, avec son joueur, Robby Elster. En outre, elle n'avait fait aucune réservation sur St Andrews ou la région. Elle a simplement loué une voiture pour la semaine, à l'aéroport de Heathrow : on a retrouvé le véhicule sur le parking du golf. Amanda Nelson a ensuite fait le trajet Londres – St Andrews le jour même de sa mort.

— Tu liras, compléta Stirling, je t'ai également joint le listing de tous les objets que l'on a retrouvés sur elle ou bien dans le coffre de sa voiture.

Sweeney s'empressa de parcourir d'un œil attentif le document long de deux pages.

— Tu as remarqué ? le questionna Moray après quelques instants.

— Mmoui, je crois… Justement : ce qui m'intéresserait, ce serait plutôt votre conviction personnelle, à tous les deux, sur ce meurtre. Même si on ne vous a pas vraiment laissé le temps de méditer là-dessus.

Moray hésita.

— Tu peux éteindre ton machin ?

— Je vous promets, c'est seulement pour moi. J'efface toujours la bande dès que j'ai fini de l'exploiter.

— Éteins quand même, insista-t-il.

Sweeney s'exécuta et replaça son joujou mécanique au fond de sa poche.

C'est alors Stirling qui prit la parole :

— Pour ne rien te cacher, il y a trois choses qui nous semblent… intéressantes, c'est le moins qu'on puisse dire. *Premièrement*, le fait que son mari, Buddy Nelson, ne se soit absolument pas inquiété d'être sans nouvelles de sa femme pendant une bonne semaine. Et l'on n'est même pas sûr que c'était lui que madame Nelson venait rejoindre ce mardi-là… C'est le père, le général Arthur Boyle, le patron de la PGA, qui a réagi le premier. Étonnant, non ? Quand tu seras à Augusta, je crois que le mari « éploré » devra te fournir pour le moins quelques explications.

— Au fait, demanda Moray, est-ce que tu es au courant pour la liaison d'Amanda Nelson avec l'autre joueur, Will Tyron Jr ?... D'accord... Lui non plus, ne le rate pas quand tu seras à Augusta. Il était également présent à St Andrews.

— Et le père de la victime, le général, il était en Écosse ? demanda Sweeney.

— Oui, mais au Royal Troon. Il fignolait l'organisation du *British Open* sur le Firth of Clyde, de l'autre côté du pays. Il n'avait pas vu sa fille depuis des mois. Il ignorait même qu'elle avait pris l'avion. C'est de retour à Palm Beach, en écoutant la radio que... Ah, tu savais ?...

— *Deuxièmement*, puisque tu es allé sur le golf tout à l'heure, tu en conviendras : ce n'est quand même pas banal de réussir à enfouir un cadavre au beau milieu de l'un des parcours les plus fréquentés au monde. Surtout le mardi après-midi où elle a été tuée, avec tous ces pros qui s'entraînaient un peu partout... Vraiment surprenant.

— Enfin, *troisièmement*, poursuivit Moray, comme tu as dû le remarquer en survolant le feuillet que je t'ai montré, le sac contenant les clubs de golf d'Amanda Nelson a disparu. Aucune trace. On n'a rien retrouvé sur zone. Idem pour ses clés de voiture, ses papiers d'identité, son téléphone portable ou sa carte bleue, et pourtant aucun retrait n'a été effectué depuis son décès. Visiblement, on voulait simplement retarder l'identification du corps. Et puis, si tu as une bonne mémoire : qu'est-ce qu'on a retrouvé dans la voiture, inspecteur Sweeney ?

— Euh… Attendez… Son sac à main, mais sans aucun papier d'identité. Le meurtrier lui aurait donc pris ses clés de voiture pour aller les retirer de son sac, mais dans le véhicule, car je doute qu'elle ait eu ses papiers sur elle pour faire son parcours.

— Pas mal. Ensuite ?

— Sa valise. Je peux revoir la feuille ?… Oui, c'est ça : pas de pyjama, ni d'affaires de toilette. Surprenant pour une jeune femme, surtout les affaires de toilette… Ça voudrait dire…

— Ne va pas trop vite. Il peut y avoir plusieurs hypothèses valables. Réfléchis encore avant de t'arrêter sur une idée qui pourrait s'avérer fausse.

— Hé Stirling ! sourit Moray. Finalement, ils ne sont pas si mal formés que ça, les jeunots à Édimbourg… Bon, est-ce qu'on va déjeuner maintenant ? En face, chez Jones, ils te servent un haggis avec…

— Une minute, le médecin légiste ! s'exclama Sweeney. Je souhaiterais le rencontrer tant que je suis là. L'autopsie a dû être faite à Dundee, j'imagine ?

— Tu as raison. Docteur McInchree… Bouge pas, je vais te donner ses coordonnées…

Et l'inspecteur Stirling griffonna quelques lignes sur un morceau de papier.

— Merci. Je peux l'appeler de chez vous ? demanda aussitôt Sweeney, et il désigna le téléphone à l'angle du bureau.

— Eh bien ! Décidément, tu es un sacré client toi… le dévisagea Moray.

— Je me dépêche, promis ! Sinon, pour le haggis, je suis partant, et la barbe rousse s'empara du combiné.

*

— Vous jouez au golf, inspecteur ?

La question du docteur McInchree fit sursauter Sweeney. Son écho, rebondissant sur les murs blancs de la salle d'autopsie, puis courant ensuite sur ces tables métalliques où flottait habituellement la puanteur des cadavres, semblait surréaliste. Et puis Sweeney avait la détestable impression d'avoir déjà entendu cette question quelque part…

— Pour ma part, je suis classé 10, se félicita l'inconvenant docteur, avant même que l'inspecteur n'ait eu le temps de lui répondre.

Flatté qu'un enquêteur s'intéressât à son travail au point de descendre jusque dans son antre, le légiste paraissait incapable d'endiguer une véritable logorrhée verbale :

— C'est la première fois que vous visitez une salle, inspecteur ? Bon, là, comme ça, sans personne, on a du mal à imaginer, mais…

— Non non, docteur. Une fois déjà, pendant ma formation à l'école de police, nous avons eu un cours à Édimbourg, avec un vrai macchabée. Une overdose de la veille. À l'ouverture du thorax, j'ai fini par retourner mon déjeuner, des rollmops… Mais pour revenir à notre joueuse de golf…

— Elle était allongée là, sur la table devant vous. Quelle pitié ! Si l'on m'avait dit qu'un jour j'aurais à autopsier Amanda Boyle…

Et le soupir de désappointement du médecin, franchissant un bec-de-lièvre que Sweeney n'avait pas encore remarqué, produisit alors un sifflement rauque et sourd.

À croire qu'il s'est lui-même fendu la lèvre et le palais d'un coup de bistouri, frissonna Sweeney.

— Vous l'appelez Boyle, et pas Nelson ? releva l'inspecteur.

— Ah oui, pardon. C'est parce qu'elle jouait sous son nom de jeune fille.

— Qu'est-ce que vous voulez dire ?

— Avant de se marier, elle avait joué en professionnelle sur le circuit européen. Oh, elle n'a jamais gagné de grand tournoi je crois, mais je me demande si, une année, elle n'a pas terminé deux ou troisième d'un Masters à Évian, et quatrième à Tenerife une autre fois. C'était une golfeuse de haut niveau… Il me semble qu'elle a mis un terme à sa carrière, il y a trois ou quatre ans, en épousant Buddy Nelson.

— J'ignorais.

— À part ça, vous êtes au courant pour le reste… Je veux dire, pour elle et Will Tyron Jr ?

— Il y a quelques jours encore, ça ne me disait absolument rien. Mais maintenant, je dois vous avouer qu'il ne se passe pas une heure sans que je n'y pense… Docteur, qu'est-ce que c'est que cette histoire de tromperie ? C'est sérieux ? Vous avez suivi ça dans les journaux ?

— Évidemment, inspecteur. Ça a complètement chamboulé le golf mondial.

— Vous y allez un peu fort docteur, non ?

— Pas du tout. Je vous explique : l'année dernière, les tabloïds ont fait paraître une série de photos montrant la jeune et belle Amanda embrassant à bouche que veux-tu son célèbre amant, Will Tyron Jr. C'était juste avant la *Ryder Cup*…

Mais soudain, le docteur McInchree s'interrompit, l'air dépité. Avant de reprendre :

— Ceci dit entre nous, si le play-boy l'avait vue

dans le même état que moi, il y a quinze jours, je vous garantis qu'il aurait réfléchi à deux fois avant de lui faire des câlins. C'était pas joli-joli à voir… Bref! continua le légiste, les photos je vous disais. Scandale dans le milieu. C'est que non seulement Tyron Jr était marié – elle s'appelle Samantha comme ma femme –, mais il se trouve qu'Amanda était l'épouse de son propre caddie… Ce n'était pas tenable pour un champion médiatisé comme lui. En plus, Tyron Jr est sûrement le sportif le plus riche de la planète, avant même les pilotes de formule Un, les basketteurs de la NBA ou les joueurs de base-ball. S'il voulait conserver ses contrats avec ses sponsors, il n'avait pas le choix… Alors, à l'intersaison, il s'est séparé de Buddy Nelson. Tyron Jr a recruté un nouveau caddie, un jeune, et Nelson est parti chez Robby Elster.

— Je ne vois toujours pas en quoi cela pouvait chambouler le golf international.

— Si, inspecteur. J'y viens. On voit que vous ne suivez pas le circuit, vous, dites donc… Tyron Jr était numéro un mondial, et Robby Elster le numéro deux.

— Et alors?

— Elster a profité du licenciement de Buddy Nelson pour le recruter aussitôt, dans l'espoir d'apprendre quelques petits trucs de Tyron Jr et de le dépasser au classement. Il faut dire que depuis plusieurs saisons, les deux se livraient une sacrée bagarre. Seul Elster parvenait à s'approcher du niveau de Tyron Jr, à le chatouiller un peu. Parfois, il réussissait même à le mettre réellement en danger. Ces dernières années, il est arrivé que plusieurs grands tournois se jouent à un seul coup de différence, sur un putt rentré ou pas au n°18. Passionnant ! Leur rivalité, c'était ce qui faisait tout l'intérêt du circuit mondial. Et pourtant – c'est le plus incroyable – à tous les coups, c'est quand même Tyron Jr qui gagnait à la fin ! Rendez-vous compte : jamais Elster n'est parvenu à remporter un tournoi disputé par Tyron Junior. Pas un seul titre majeur gagné, toujours deuxième ! Agaçant…

— Alors j'imagine qu'à présent, c'est Elster le meilleur. Ils ont inversé les rôles, c'est ça ?

— Pensez-vous ! C'est bien ça le plus rageant. Depuis le départ de son caddie, Tyron Jr semble déstabilisé. Il n'a pas gagné la moindre compétition cette saison. Pire même, il peine la plupart du temps à se classer parmi les vingt premiers… A priori, pour Elster, c'était la voie royale. Eh bien non ! Il s'est mis lui aussi à déjouer, comme si, privé de la concurrence de son éternel rival, il avait perdu ses repères. Tyron Jr, en fait, c'était sa motivation. C'était un peu son Himalaya, une sorte d'Everest inaccessible. Une fois la montagne rayée de son horizon, on a l'impression qu'Elster n'arrive plus à se surpasser… Vous savez inspecteur, on n'imagine pas à quel point le golf est un sport difficile. Les plus grands succès ne sont souvent séparés des pires échecs que par d'infimes réglages dans le jeu, ou de légères variations dans la confiance des joueurs. Un grain de sable dans la machine, même la mieux huilée, et patatras ! Votre swing ou votre concentration s'effondrent. À ce niveau-là, ça ne pardonne pas.

— Vous m'apprenez un tas de choses, docteur.

— Attendez, ce n'est pas fini. S'il n'y avait que ça… Du coup, cette année, les résultats sont devenus aberrants. Par exemple, on a vu Torres, un Espagnol vingt-cinquième mondial, remporter son premier grand tournoi en début de saison. Et puis le dernier *British Open*, vous êtes au courant ?

— Euh… Non. Même pas.

— Reinhard Zwicker, Allemagne ! Quarante-huitième au classement de la PGA ! C'est dingue, je vous dis. Alors ça n'a pas loupé : habituellement, le dernier jour de l'*Open*, le dimanche, est toujours retransmis en direct par les chaînes nationales. Eh bien cette fois, il est passé en différé à 23 h 30 trente. Le *British Open* à 23 h 30 ! On n'avait jamais vu ça… Remarquez, il faut les comprendre aussi. Comment demander aux sponsors de débourser des millions de livres pour des plages publicitaires où leur marque sera finalement associée au nom de : *Reinhard Zwicker, Allemagne* ? Un type que personne ne connaissait il y a trois semaines et qui, probablement, ne gagnera plus jamais un seul tournoi de toute sa carrière… Non, décidément, ça va mal cette saison. Et si on y réfléchit bien, qu'on le veuille ou non, le point de départ de tout ça, ce sont les coucheries de la dame que j'ai autopsiée là avec Tyron Jr… Insensé !

— Heureusement que vous êtes un spécialiste, docteur. Très franchement, ce n'est pas le genre de renseignements que je m'attendais à recueillir chez vous. Mais je saurai m'en souvenir lorsque je partirai interroger les intéressés dans trois jours.

— Vous allez les interroger ? Où ça ?

— Je pars pour la Géorgie, à Augusta, afin de…

— Pour l'*US Open* ? C'est pas vrai ?!

Les yeux de McInchree pétillèrent d'un coup d'une fascination enfantine.

— Inspecteur… puisque vous les aurez en face de vous… je ne sais pas si… mais… vous pourriez demander un autographe à Will Tyron Jr? S'il vous plaît… et à Elster également? Et puis aussi, si vous le croisez…

— Hé docteur, j'aurai l'air de quoi? Je me vois mal leur…

— Oh, pardon! Vous avez raison. Mais je suis tellement passionné par ce sport… Enfin, si jamais l'occasion se présente… Ha, comme je vous envie de pouvoir aller là-bas!

— Ce sera une découverte pour moi. En tout cas, vous m'avez mis l'eau à la bouche… Et si nous parlions de ce qui m'amène plus précisément: votre rapport d'autopsie?

— Oh oui, bien sûr.

Instantanément, les traits du docteur McInchree se disciplinèrent; son bec-de-lièvre se fit à nouveau plus discret, et ses bras se croisèrent comme par réflexe sur les plis empesés de sa blouse.

— Vous l'avez lu, inspecteur?

— Plusieurs fois. Mais je voulais vous rencontrer afin de me faire une idée plus cohérente des circonstances du meurtre.

— C'est bien, surtout de la part d'un jeune comme vous. Je regrette d'ailleurs que ces échanges ne soient pas plus systématiques. C'est dommage. Les gens ne se doutent pas de tout ce qu'un cadavre, même le moins ragoûtant, peut encore avoir à vous dire… Tenez, je me souviens d'avoir un jour autopsié un monsieur que je connaissais depuis dix ans, un ami médecin qui s'était suicidé. Vous me croirez ou non, mais j'ai plus appris sur lui le temps où il était allongé sur ma table de travail qu'en dix ans de soirées communes ! J'aurais même pu en apprendre à sa femme, si vous voyez ce que je veux dire…

— Et Amanda Nelson, docteur ? insista Sweeney, dans une ultime tentative pour remettre le prolixe McInchree sur les rails.

— Simple, inspecteur. Extraordinairement simple. Un coup, un seul, porté de dos sur la tempe gauche, et avec une rare violence. La victime n'a rien vu venir. Elle n'a pas souffert : l'os temporal a été découpé net par l'impact de l'objet. Sur la trajectoire, celui-ci s'est ensuite introduit d'au moins huit pouces à l'intérieur de la cavité cérébrale. Un vrai massacre !

— Quel genre d'objet à votre avis ?

— Très simple là aussi. Un club de golf. La trace est tellement nette que je peux même vous dire qu'il s'agit d'un fer 6, ou d'un fer 7, et le shaft, c'est-à-dire le manche du club, a même laissé sous la puissance du coup la base de son empreinte sur la boîte crânienne… Pas étonnant d'ailleurs : quand vous savez que la tête du club d'un bon joueur peut arriver à plus de 200 km/h sur la balle, alors sur un visage… C'est définitif, net, et précis ! Pour le reste, le corps était vierge de toute autre marque, pas de rapports sexuels… Ah oui, sinon : la victime consommait régulièrement de la drogue. Mais bon, par les temps qui courent, ça finit par devenir banal. Je ne l'ai même pas mentionné dans le rapport, si je me souviens bien.

— Mmm si, docteur, vous l'aviez noté. Je pourrais avoir les radios que vous avez faites ?

— Je peux faire mieux, inspecteur. J'effectue toujours des croquis détaillés de mes observations. Si vous voulez, je peux…

— Ça vous embête si je les scanne ? Ça me permettrait ainsi de les conserver sur mon ordinateur portable. J'aime bien me constituer des fichiers à partir desquels je peux comparer les éléments. Seul l'ordinateur autorise cette souplesse. Enfin moi, je sais que je trouve ça plutôt pratique.

— Pas de problème. On passera tout à l'heure à mon bureau.

— Merci, docteur. Par ailleurs, concernant l'heure et le lieu du meurtre ?

— Pour l'heure, pas de souci : la victime est décédée le mardi 13 en fin de journée. Avec la précision du dosage de potassium, la marge d'erreur est faible.

— Vous parlez de la mesure qui se fait au niveau de l'œil, l'humeur vitreuse ?

— Tout à fait. Pas mal pour un jeune inspecteur, le félicita le légiste.

— Le lieu ?

— J'ai retrouvé du sable. Sur le corps, sur les vêtements, et dans la plaie. Mais puisque vous m'en parlez…

— Oui ?

— C'est peut-être important, mais bon, moi, je ne vais pratiquement jamais sur les lieux. Alors pour se faire une idée…

— Dites toujours, docteur.

— J'ai retrouvé des feuilles, des feuilles mortes, assez anciennes vous voyez, de l'année dernière au moins. Et un peu de terre aussi, de l'humus.

— Où ça ?

— Dans sa bouche, dans le nez, sur ses vêtements, et aussi dans la blessure : sur les lèvres de la plaie, ainsi que dans le cortex endommagé… Vous êtes allé sur place ?

— Pas plus tard que ce matin, avoua Sweeney, qui regrettait encore la remontée de bretelles que lui avaient passée Stirling et Moray. Mais il faut que je réfléchisse, docteur. Les corps étrangers que vous signalez sont présents à proximité du bunker – au fait, c'est bien comme cela que l'on dit ?

— Très bien, inspecteur.

— Vous voyez, je progresse, et il n'est pas impossible… Enfin, il faut vraiment que je réfléchisse. Autre chose, docteur McInchree ?

— Attendez… Non, rien de pertinent. En cas de besoin, vous avez mes coordonnées ?

— Oui, je… Mince ! s'exclama soudain Sweeney. J'ai oublié mon dictaphone !

Le légiste écarquilla les yeux.

— Laissez docteur. C'est ma faute, je n'ai pas pensé à le déclencher. Tant pis. Je peux avoir vos croquis ?

— Oui, on a de quoi vous les scanner sur place. Vous me suivez ?

— Merci. Et puis si j'y songe docteur, à Augusta, je verrai tout de même pour vos autographes ! finit par sourire Sweeney.

Allô, tante Midge ?

« 4:00 ». Les trois chiffres rouges apparurent simultanément sous le téléviseur éteint. *Fichu décalage horaire…* râla Sweeney. *Et cette moiteur… Insupportable, une étuve.*

L'inspecteur décolla son corps d'écossais pâlichon de ses draps trempés de sueur. Puis, à la recherche d'une improbable fraîcheur, il se dirigea vers la salle de bains de sa chambre de motel.

Sweeney s'aspergea le visage et le cou d'une eau obstinément tiède. Provisoirement soulagé, il trouva le courage de s'observer dans le miroir : *Mon pauvre Archie, c'est la première et la dernière fois que tu mets les pieds aux States. Regarde-toi, quelle tronche ! Et pas moyen de fermer l'œil. Je vais être en forme moi, tout à l'heure, pour commencer mon enquête.*

Dépité, il retourna s'adosser contre le montant métallique de son lit, les yeux rivés sur l'épuisant cadran rouge : « 4:10 » seulement !

*

… L'inspecteur Sweeney avait atterri dix-huit heures plus tôt à Atlanta, en provenance de Londres, après un vol harassant de près de huit heures. La vision majestueuse de la chaîne des Appalaches, éclairée par un soleil rasant, l'avait à peine dédommagé des fatigues endurées. À peine arrivé, il lui avait aussitôt fallu disputer une course effrénée dans le terminal de l'aéroport pour ne pas rater sa correspondance vers Augusta, sa destination finale : trente minutes de vol encore. Dix heures du matin à l'atterrissage. Et il avait quitté Londres à… sept heures ?! Quoi ? Pas possible… Le choc du décalage horaire avait été brutal.

Presque autant que le second, thermique celui-là : un agréable soixante-cinq degrés Fahrenheit sur le tarmac de Heathrow et… ouf ! D'un coup, quatre-vingt-quinze à l'ouverture de la porte du Boeing, à Augusta. Terrible ! Sweeney n'avait jamais connu pareille fournaise de toute sa vie. Et cette humidité brûlante, qui s'infiltrait dans les poumons, collait à la peau, et à laquelle rien ne semblait plus pouvoir faire lâcher prise…

Un troisième et dernier choc l'attendait encore. Alors qu'il franchissait le portique des arrivées, sa maigre valise à la main et son ordinateur portable sous le bras, l'inspecteur aperçut son nom tracé sur une large plaquette, nonchalamment coincée entre l'index et le pouce démesurés du sosie d'Arnold Schwarzenegger.

L'homme, à peine plus grand que Sweeney, portait un complet bleu sombre impeccablement taillé. Assortie au costume, sa cravate trop étroite s'efforçait en vain de masquer une large chemise blanche : surtendue par la pression de pectoraux hypertrophiés, celle-ci donnait le sentiment de pouvoir céder d'un instant à l'autre.

Assise sur ce roc musculeux, la tête de l'inconnu possédait des mâchoires rectangulaires déformées par une mastication incessante. Le culturiste arborait aussi une paire de Ray-Ban volontairement provocantes et, pour finir, une coupe en brosse à faire pâlir d'envie le moins jaloux des GIs.

Great Scott ! jura Sweeney. *Ça doit être le collègue américain. Pas de doute, je suis bien arrivé dans les États du Sud. Une vraie gueule à casser du black ! Pourvu qu'il me trouve assez blanc à son goût. Courage !* Et l'inspecteur écossais bifurqua, comme à regret, vers la plaquette où s'étalait son nom.

— Bonjour. Je suis l'inspecteur Sweeney.

— B'jour. Lieutenant McDermott, police d'Augusta. Vous avez toutes vos affaires ?

— Oui, c'est bon.

— OK, on y va. La voiture est juste là.

L'officier américain tourna les talons, et Sweeney se hâta de suivre sa ligne d'épaules, plus large encore que la ligne de crête des Appalaches. À la sortie du terminal, Monsieur Muscles contourna l'interminable carrosserie d'une Chevrolet aux ailes acérées, ouvrit la portière, puis il s'affala au fond d'un large fauteuil en cuir.

L'espace d'un instant, Sweeney hésita à monter à son tour, persuadé que l'Américain lui laissait le volant. *Mince, tu es stupide !* se reprocha-t-il tout à coup. *Ici, le volant est à gauche !*

Le voyageur écossais s'empressa de prendre place aux côtés de McDermott.

— Pas fâché d'être enfin arrivé, je suis crevé, commença Sweeney. Merci de m'avoir attendu.

— Normal… Bon, pour aujourd'hui inspecteur, rien de spécial au programme. Je vous emmène au motel qu'on a réservé pour vous en périphérie. Vous pourrez déjeuner, vous reposer, et on se reverra demain matin seulement. Je viendrai vous prendre à dix heures, OK ? De là, on partira pour l'*Augusta National Golf Club* où se déroule le tournoi. Ça ne commence que demain jeudi. Sur le chemin, je vous ferai un topo concernant nos informations et vous, vous me direz comment vous voulez travailler. Ça marche ?

— Euh… Oui, mais… l'hôtel, enfin le motel, il ne se trouve pas à côté du golf ?

— Vous voulez rire ? Il y a longtemps que tout est loué. C'est déjà bien qu'on ait réussi à vous dégotter quelque chose au pied levé. J'avais même déjà prévenu ma femme, au cas où, qu'on risquait d'avoir du monde à la maison pendant l'*Open*. On vous aurait mis dans la chambre du grand.

— Merci, c'est gentil de votre part.

Sweeney enrageait de se retrouver à la merci du policier américain. Il avait l'impression que ce manque de mobilité risquait de lui ficeler les neurones.

— Merci, c'est vraiment gentil, répéta-t-il… Sinon, comment est-ce que je vous appelle ? Lieutenant ou inspecteur ?

— Lieutenant, lieutenant McDermott, c'est mieux. Et vous, inspecteur ça ira ?

— Oui, c'est exactement cela… Au fait, McDermott, vous êtes d'origine écossaise ? Parce que je connais…

— Ouais, ça se peut. De toute façon, je vais vous dire : l'Écosse, l'Angleterre, l'Irlande, tout ça, j'aurais bien du mal à les situer sur une carte. Mes enfants, c'est déjà la sixième génération née dans le Sud. Moi, mon pays, c'est l'État de Géorgie, vous voyez ? lâcha McDermott, et il braqua sur son passager des Ray-Ban énigmatiques.

Sweeney, incapable de discerner les yeux de l'Américain, aurait pourtant apprécié, à cet instant, de pouvoir mesurer le degré d'agressivité qu'elles masquaient…

*

… Après avoir épuisé ses réflexions sur la police américaine, l'inspecteur jeta un nouveau coup d'œil sur l'horloge du téléviseur : *4:55. Qu'est-ce que je vais bien pouvoir faire d'ici dix heures ? Surtout que je n'ai absolument aucune envie de dormir. C'est fichu,* se désola Sweeney.

Agacé, il décida d'allumer sa lampe de chevet de style western pour… « *Shit!* » s'écria-t-il : des moustiques, des dizaines de moustiques étaient collées au plafond ou sur les murs, chacun d'entre eux plus imposant que le taon le plus robuste qu'on n'ait jamais vu sur les flancs d'un bœuf écossais ! Décidément, outre-Atlantique tout était plus large : les montagnes, les voitures, les inspecteurs de police, et même les insectes à présent. L'Écossais avait juste voulu faire circuler un peu d'air dans sa chambre transformée en sauna, rien de plus… Sweeney comprenait mieux maintenant la raison d'être de ces étranges grillages, placés derrière les fenêtres, qu'il avait eus tant de mal à forcer. « Shit ! » répéta-t-il, sans pour autant réussir à mettre en mouvement un seul de ces vampires ailés.

Bon, c'est clair. Pas question de rester ici plus longtemps. Je vais sortir me balader, décida Sweeney, jugeant que la bataille était perdue d'avance et que mieux valait encore battre provisoirement en retraite.

Tout en s'habillant – son tee-shirt noir suffirait bien par cette température, et pas le temps de prendre une douche sous la menace intolérable des suceurs de sang – l'inspecteur repéra sur une commode aux motifs country un dépliant d'information concernant l'*US Open* d'Augusta.

Il s'en empara, mais laissa échapper un feuillet glissé à l'intérieur. Sweeney le ramassa rapidement, pour constater qu'il s'agissait du planning horaire des bus permettant d'accéder au site de la compétition. Grâce au plan de ville imprimé au dos, il identifia facilement le point de ramassage le plus proche de son motel et il fit la relation avec le tableau des horaires : *Voyons... Oui, c'est ça : 6:37 am. Qu'est-ce que je fais ? Oh, allez, tant pis pour McDermott. Je vais prendre le bus. Il me rejoindra là-bas. De toute façon, c'est quasiment ce que nous avions prévu.* Et la barbe rousse sortit aussitôt pour affronter l'air humide et lourd de la Géorgie.

*

Quinze dollars ! Pas donnée, l'entrée : je ne pensais pas que ça coûtait si cher de mener une enquête aux États-Unis.

Sweeney récupéra son ticket bleu puis il pénétra dans l'impeccable jardin de l'*Augusta National Golf Club.*

Emboîtant le pas aux spectateurs les plus matinaux, il déboucha sur l'avenue principale d'un immense village composé de tentes et de chapiteaux blancs alignés au cordeau. *Une véritable ville-champignon, comme aux plus beaux jours de la ruée vers l'Ouest*, se réjouit Sweeney. Sous les toiles se pressaient les représentants des principales marques de matériel de golf, des voyagistes vantant les mérites hôteliers, climatiques et golfiques de leurs destinations, des associations sportives, caritatives ou autres, une pagaille multicolore et débridée, digne héritière des villes pionnières du Far West.

Puis Sweeney repéra le « saloon », ou plus exactement une vaste tente dont s'exhalait l'odeur irrépressible du café frais. L'inspecteur y pénétra sans réfléchir. Il alla s'accouder sur un comptoir de fortune derrière lequel s'affairait une jeune serveuse coiffée d'un Stetson. Surpris par son couvre-chef, il le fut plus encore par l'incroyable diversité des breuvages proposés. Hésitant entre un café à la vanille, un autre à la cannelle, ou bien un café italien, il opta finalement pour la cafetière qui affichait un contenu de café irlandais. *On verra bien*, raisonna-t-il, *c'est le plus proche de chez moi.* L'inspecteur ne regretta d'ailleurs pas son choix. On le lui servit bouillant, dans un gobelet de polystyrène aux vertus quasi miraculeuses, puisqu'il parvint à le boire sans même se brûler les doigts.

Déglutissant à gorgées prudentes un liquide noir délicieusement alcoolisé, Sweeney avisa le programme du jour, déposé à l'angle du comptoir. De son index encore libre, il survola la liste des joueurs inscrits ainsi que leurs horaires de départ. *Alors... Où sont ceux qui m'intéressent?* L'inspecteur paraissait avoir totalement oublié les consignes du lieutenant McDermott.

Voilà : Robby Elster. Neuf heures cinquante. Ce n'est pas pour tout de suite. Et... Will Tyron Jr, onze heures quinze, c'est encore plus tard. Qu'est-ce que je vais bien pouvoir faire d'ici là ?

— Mademoiselle, s'il vous plaît : pouvez-vous m'indiquer où se trouve le départ du parcours ?

La jeune femme sourit en entendant cet impossible accent écossais, qui déchirait les R comme si on les soufflait à travers une cornemuse.

— Bien sûr. Regardez : c'est en contrebas du village, juste derrière la tente des officiels. Celle avec le tableau des scores, vous voyez ?

— Oui, merci.

— Je vous en prie... Mais attendez un peu, il n'y a personne encore. Les premiers joueurs ne partent que dans une demi-heure. Ils sont sûrement au practice en ce moment.

— Le practice ? C'est quoi ? C'est où, plutôt ?

— Vous n'êtes jamais venu ? Alors vous remontez l'allée goudronnée jusqu'au club house, vous le contournez et, ensuite, c'est fléché. Le practice, vous verrez, c'est la zone d'échauffement des joueurs.

Sweeney déplissa sa mine fatiguée et il remercia le charmant Stetson d'un sourire.

Parvenu à proximité du club house, Sweeney se laissa guider par le bruit des « tic » et des « tac » innombrables, qui provenaient de l'arrière du bâtiment. Puis, suivant la tresse qui en délimitait l'accès, il s'approcha du practice.

Une rangée longue d'au moins cinquante yards, formée de grands escogriffes aux larges épaules, tous affublés des mêmes casquettes à logos ainsi que de pantalons à pinces, s'échinait à expédier, jusqu'à des distances inimaginables, d'innocentes et bientôt invisibles balles blanches. Le bruit qu'émettait la tête de leur club, sifflant et coupant l'air à plus de 200 km/h, juste avant de venir frapper la balle et de l'envoyer sur orbite, fit frissonner Sweeney. *Dire que c'est avec cette violence inouïe que l'on a enfoncé le crâne d'Amanda Nelson…* mais l'inspecteur s'empressa de détourner ses pensées de cette image effroyable. *Voyons, comment vais-je bien pouvoir repérer mes clients ?…* Sweeney remarqua derrière chacun des golfeurs, calme et disponible, une sorte d'homme-sandwich affublé d'une chasuble orange. Sur cet inesthétique bout de tissu figuraient le nom et la nationalité d'un joueur. Attentifs, tous ces gaillards costumés veillaient consciencieusement sur un sac en forme de tube, bourré de tiges métalliques. *Ça doit être ça les caddies,* en déduisit Sweeney.

Longeant l'espace délimité à l'arrière du practice, l'inspecteur identifia bientôt le gilet marqué « *R. ELSTER - USA* ».

Bon, si j'ai bien compris comment ça marche, le gars qui se démène, c'est Robby Elster. Et l'autre qui le regarde, c'est mon Buddy Nelson. C'est parti cette fois, on y va.

Sweeney s'approcha d'aussi près que le lui permettait la tresse, et il s'exclama soudain :

— Monsieur Nelson ! Hé, monsieur Nelson !

À cet instant, une officielle vêtue d'une austère jupe plissée, d'une veste verte et d'un surprenant chapeau tyrolien, se précipita vers lui armée d'une ridicule canne-siège. Aussitôt, elle lui exprima l'intensité de son courroux d'un long et sonore « Chht !… ». L'ensemble des spectateurs entourant Sweeney fit également peser sur lui un faisceau de regards offusqués. Et, sans même que l'un d'eux n'ait ouvert la bouche, l'inspecteur crut entendre monter de la foule un grondement sourd, comme si ces gens essayaient de tordre le cou de ce barbu qui osait briser l'absolue perfection du chant mélodieux des « tic » et des « tac ». Buddy Nelson, lui, ne broncha pas.

Cependant, bien décidé à commencer son enquête, Sweeney se résolut à passer outre à ces manifestations d'humeur, héritage selon lui d'un imbuvable snobisme anglais :

— Hé, monsieur Nelson ! Je suis l'inspecteur Sweeney !

À ces mots, le silence se fit brusquement autour de lui. L'officielle, cherchant du regard un soutien qu'elle ne trouvait plus, demeura figée. Les yeux alentour fixèrent ce visage étrange, auteur d'une phrase tout à fait incongrue en ce lieu. Puis la rumeur se tut.

Enfin, Buddy Nelson se retourna. Il considéra pendant quelques instants l'individu qui venait de l'interpeller, et il s'adressa brièvement à son joueur : « Terminez votre échauffement, monsieur Elster. Le temps de voir ce que c'est, et je reviens dans dix minutes », puis il se dirigea droit sur l'inconnu.

Sweeney vit alors s'avancer à grands pas un géant blond, plus costaud qu'un pilier de rugby, avec des yeux d'un bleu vif rehaussé par l'éclat de ses joues sanguines. *Je n'aurais peut-être pas dû...* se ravisa tardivement le jeune inspecteur.

*

La voix grave du géant à casquette gronda comme une injonction :

— Venez. Vite ! Les journalistes ne sont pas encore arrivés !

Et sans plus accorder la moindre attention au freluquet qui venait de l'interrompre, le colosse se dépêcha d'atteindre un large rideau de sapins, plus à l'écart, entraînant derrière lui son curieux chariot de caddie et un policier écossais au pas empressé.

La haie d'arbres franchie, Buddy Nelson fit alors volte-face et il plongea sans hésiter ses yeux cristallins dans ceux de Sweeney :

— Dites donc, vous n'auriez pas pu trouver un autre moment ? Si vous aviez besoin de renseignements supplémentaires, vous pouviez toujours...

— Hem, pardon monsieur Nelson. Inspecteur Sweeney, j'arrive d'Écosse.

— Ah, c'est vous ? C'est différent alors, se ravisa le caddie. On m'avait prévenu que quelqu'un devait arriver. Plutôt content de voir que vous vous en occupez vraiment là-bas. Mais franchement, vous tombez mal. On démarre dans une vingtaine de minutes avec Robby. Ce n'est pas le moment de venir me parler d'autre chose que de golf. C'est trop important.

— Excusez-moi monsieur Nelson, l'assassinat de votre femme, je trouve ça tout aussi important.

— Mais vous ne comprenez pas ! Ce n'est pas ce que je veux dire. L'*US Open*, c'est capital pour moi. Professionnellement s'entend. Alors pas maintenant.

— Ce soir plutôt ?

— Euh... Non plus. Après le parcours, ma journée n'est pas finie. J'ai l'entretien des clubs à faire pour demain, et puis mes notes à peaufiner en fonction de ce que le parcours d'aujourd'hui aura donné. Je ne suis pas couché ! Ce tournoi, c'est l'un des plus gros morceaux de la saison.

— Quand alors ?

— Disons demain matin. Au petit déjeuner, à mon hôtel. Vous l'apercevez ? C'est le plus grand, le bleu là-bas... À six heures, en salle. On trouvera toujours une table pour s'isoler. Ça vous va ?

— On fera avec. Mais je vous préviens monsieur Nelson, tournoi ou pas, il faut que l'on prenne le temps de se parler.

— OK, ne croyez pas que je cherche à vous fuir. Mais Robby et moi, on joue peut-être notre avenir sur les quatre jours que dure l'*Open*... Demain matin inspecteur, promis. Sinon, si ça vous intéresse, vous pourrez toujours rencontrer monsieur Elster ce soir, au bar du club house. Vers vingt heures, après la journée de compétition, c'est la tradition. Beaucoup de joueurs s'y retrouvent pour boire une bière, ou pour parler de tout, sauf de golf. Je lui dirai que vous passez si vous voulez.

— Oui, effectivement, ça m'intéresse. Et vous savez si je pourrai y trouver monsieur Tyron aussi ?

— Will ? Oh oui, avec son père. Vous ne pouvez

pas les manquer les deux inséparables. Mais faites-vous présenter d'abord, sinon je vous préviens, vous allez vous faire jeter : le papa joue aussi les *bodyguards* à l'occasion. C'est un ancien sous-officier du corps des Marines, il en a gardé les réflexes… Euh, monsieur, à part ça, hem… avant que je n'y retourne… Est-ce que vous avez du nouveau pour Amanda ?

La voix de Buddy Nelson se fit tout à coup ridiculement fluette.

— La principale nouveauté, c'est que nous sommes chargés de l'affaire. J'appartiens à la police criminelle d'Édimbourg, et nous allons tout mettre en œuvre pour identifier le meurtrier de votre femme. On a deux minutes encore ?

— Attendez… Oui, cinq bonnes minutes même. Robby finit sa série de swings.

— Monsieur Nelson, est-ce que vous pourriez m'expliquer pourquoi la disparition de votre épouse ne vous a visiblement pas beaucoup inquiété ?

— Ah je vous vois venir, vous ! Je me disais aussi, avec vos airs de ne pas y toucher. C'est facile, hein ? Le coup du mari trompé qui règle son compte à l'épouse infidèle. Et hop, on vous emballe le coupable ! Vous me passez les menottes tout de suite ou vous attendez la fin du tournoi ? s'emporta Buddy Nelson.

Avant de brusquement se radoucir :

— C'est sûr, je ne vous dirai pas le contraire, l'année dernière quand j'ai vu les photos dans la presse, l'idée m'a démangé. Mais c'est surtout ce petit c.. de Will que j'aurais bien voulu arranger. Il doit s'en souvenir, ça a bardé ce jour-là… Bon, maintenant, si vous voulez mener votre enquête de cette façon-là…

— Du calme monsieur Nelson, du calme ! Ce n'est absolument pas ce que j'ai en tête. Mettez-vous à ma place. Étant donné les circonstances, il est normal que je vous pose cette question, non ?

— Ouais, peut-être... Mais bon, ils me l'ont déjà posée ici. Et puis il faut me comprendre aussi, ça fait tout juste une semaine aujourd'hui qu'Amanda a été enterrée... En plus, si vous partez dans cette direction, le type qui a fait ça peut dormir tranquille.

— Monsieur Nelson, pouvez-vous plutôt répondre à ma question avant de repartir jouer, s'il vous plaît ?

— OK, d'accord... Avec Amanda, c'est simplement qu'on a toujours vécu comme ça. Il faut vous imaginer ce qu'est ma vie. Je suis le plus souvent en déplacement sur le circuit américain, et je passe aussi un tiers de mon temps en Europe ou en Asie. En tout, je ne dois pas être plus de trois à quatre semaines par an à Palm Beach, là où nous... enfin, là où j'habite. Et puis Amanda, lorsqu'elle jouait encore sur le circuit européen, avait elle aussi son propre planning. On s'est mariés il y a quatre ans, et elle a cessé de jouer pour que l'on ait un peu plus de temps à passer ensemble. Mais ça n'a pas marché. Elle était trop habituée à son indépendance. Du coup, on ne s'est jamais beaucoup vus, vous savez. Quinze jours d'absence, c'était la routine. Alors, évidemment, il fallait bien se faire confiance... Jusqu'à l'année dernière.

— Donc, ne pas avoir de nouvelles de votre femme pendant une semaine, ça ne vous a pas préoccupé ?

— J'ai essayé de la joindre sur son portable, bien sûr. Elle m'avait dit qu'elle irait passer la semaine à

Londres et qu'elle ferait un saut pour me voir pendant le *British Open*. Mais l'appel ne passait jamais. J'ai pensé qu'elle ne s'était pas rendu compte que ses batteries étaient HS… J'étais loin de me douter… C'est son père qui me l'a appris le premier. Ce jour-là, j'étais déjà reparti au Canada avec Robby, sur un autre tournoi. Le *British Open* n'avait pas bien marché pour nous, il fallait se refaire.

— Mais est-ce que l'on vous a dit que le jour où elle a été tuée, elle venait d'arriver à St Andrews, là où vous vous entraîniez avec Robby Elster ? Vous ne l'avez pas rencontrée à ce moment-là ? Ce n'est pas vous qu'elle venait voir ? Qu'est-ce que vous avez fait de votre journée ce mardi-là ?

— Attendez ! Ho, doucement !… Il a fallu que je m'en rappelle de cette foutue journée, ce n'était pas évident… Toute la matinée, on est restés sur le *New Course* avec Robby. On a déjeuné ensemble, puis il est reparti faire les dix-huit trous du *New*, sans moi.

— Pourquoi ?

— Robby connaissait le parcours par cœur, il n'avait plus besoin de moi. Je suis allé m'allonger à l'hôtel. Puis on s'est retrouvés à dix-sept heures au club house, on a pris un café et, ensuite, on a déroulé la moitié du *Old Course*. Si j'avais pu deviner qu'au même moment…

— Mmm… Une toute dernière question avant que je ne vous libère : de votre côté, vous avez dû réfléchir sur ce qu'il s'était passé. Vous avez forcément une idée ?

— Forcément. Quand j'ai vu le visage d'Amanda avant l'enterrement, son crâne mutilé – même les gars des pompes funèbres ne savaient pas comment dissimuler la blessure – j'ai tout de suite compris. Le gars qui lui a fait ça est un joueur de golf, monsieur, et un bon. Aucun doute là-dessus.

— Qu'est-ce qui vous fait dire ça ?

— Vous allez voir... Vous jouez au golf?

— Euh... Non, pas du tout.

— Eh bien venez. Tenez, prenez ce club. C'est un fer 7, celui que l'on donne le plus souvent aux débutants. C'est un des plus faciles à manier. Regardez, vous placez vos mains comme ceci sur le shaft, laissez-vous faire, c'est bon ? Voilà, je vous lâche... Ne soyez pas si raide, ça va ?

— Oui, oui... Et maintenant ? s'inquiéta Sweeney, qui s'était rarement senti aussi ridicule qu'avec ce bout de ferraille suspendu entre les jambes.

Buddy Nelson sortit une balle blanche de sa poche et la posa sur le sol, juste devant la tête du fer 7 de l'inspecteur.

— Bien, à présent vous allez légèrement reculer votre fer pour lui donner un peu d'élan... Encore un peu... Quand vous êtes prêt, vous le laissez redescendre, et alors vous balayez la balle, en poussant vers le haut pour l'envoyer le plus loin possible. Facile, non ? Allez-y !

Sweeney s'exécuta, certain d'envoyer la petite bille de plastique aussi loin que les joueurs qu'il venait d'observer sur le practice.

Mais, au moment où la tête de son club allait venir frapper la balle, une force mystérieuse fit totalement dévier la tige métallique qu'il tenait entre ses mains. Sweeney, emporté par son élan, observa avec désespoir le fer 7 manquer son objectif, puis s'envoler pour aller... gifler l'air ! Pendant ce temps, imperturbable, l'horripilante petite boule blanche n'avait pas bougé d'un millimètre.

— Ah ça ! J'aurais juré…

— Eh oui, monsieur. Au début, ça énerve. Et encore, vous n'aviez quasiment pas pris de vitesse. Vous comprenez maintenant ?… Alors, avant de parvenir à donner un coup précis sur la tempe d'une personne, avec cette force en plus, disons qu'il vous faut… une certaine habileté ! On est d'accord ? Donc lorsque vous me demandez si j'ai une idée, je vous réponds que oui, forcément, j'ai une idée.

— Attention monsieur Nelson ! Si vous détenez des informations susceptibles d'éclairer l'enquête, je vous…

— Demain matin, monsieur. C'est juste une idée qui m'est venue. Il sera toujours temps d'en parler ensemble au petit déjeuner. Au fait, si vous voulez continuer de vous entraîner, je peux vous confier celui-là. C'est un sand wedge, le plus petit des clubs. Le règlement fixe le nombre précis des clubs autorisés sur un tournoi, et je viens de remarquer que j'en avais un de trop. J'ai la tête ailleurs en ce moment… De toute façon, Robby ne le prendra pas aujourd'hui, il préfère l'autre. Prenez-le, vous me le rendrez demain !

Et Buddy Nelson, après avoir remis son sceptre à l'inspecteur, relança aussitôt sa grande carcasse en direction du practice.

Surpris et encombré par ce cadeau inattendu, Sweeney finit par réagir et il décida de raccompagner le costaud aux joues rouges.

— Dites monsieur Nelson, j'imagine que vous savez jouer, vous ?

— Toujours aussi malin, monsieur. Dans un sens, je préfère que vous soyez comme ça, c'est pour Amanda après tout… Bien sûr que je sais jouer, comme tous les caddies du circuit. Mais je n'étais pas assez doué pour passer pro. Et puis, comme caddie de Will jusqu'à l'année dernière, ou de Robby maintenant, je vous assure que je gagne bien mieux ma vie que si j'avais joué moi-même. Avec leur talent, ce sont de véritables coffres-forts ambulants ces gars-là.

Sweeney, voyant rapidement approcher la tresse fatidique, lui demanda dans un dernier sursaut :

— Monsieur Nelson, qui avez-vous remplacé lorsque Robby Elster vous a recruté ?

— Matthew Johnson, un Irlandais.

Le caddie enjamba la ficelle puis il glissa son chariot par-dessous.

— Il est là. Vous voulez le voir ? Je peux vous l'appeler si vous voulez.

— Je veux bien. Bon sinon, à demain matin monsieur Nelson. Et bonne chance pour le tournoi.

— On ne souhaite jamais bonne chance monsieur, ça porte malheur !

Le caddie de Robby Elster s'éloigna. L'inspecteur l'entendit héler un autre homme-sandwich :

— Hé, Matthew ! T'as deux secondes ?… Va voir le gars là-bas, avec la barbe rousse et le sand wedge. Il veut te parler, c'est important !

Puis Buddy Nelson reprit sa place, calme et disponible, derrière les swings endiablés de Robby Elster.

Sweeney avait à peine eu le temps d'admirer la maîtrise technique des joueurs alignés, maîtrise dont il venait, club en main, d'éprouver toute la difficulté, qu'un grand garçon maigre, estampillé « *J. VALHERMOSO – ARG* », se plantait devant lui.

— Oui, qu'est-ce que vous me voulez ? demanda Matthew Johnson.

— Bonjour, désolé de vous déranger. Vous avez deux petites minutes ?

— Dites, les interviews c'est…

— Non, non, je ne suis pas journaliste. Inspecteur Sweeney. J'enquête au sujet du décès de madame Nelson. Vous êtes au courant ?

— Bah, qu'est-ce que vous croyez ? Mais je ne vois pas…

— Deux minutes, monsieur Johnson. Je sais que vous avez peu de temps, et que ce n'est pas l'endroit… Pour quel joueur travaillez-vous ?

— Jorge Valhermoso, un Argentin, annonça Matthew Johnson en tirant machinalement sur les rebords de sa chasuble orange.

— Et c'est mieux qu'avec Robby Elster ?

— Vous rigolez ou vous vous fichez de moi ?

— C'est que je n'y connais rien en golf. Désolé si…

— Ah ça, vous pouvez le dire ! C'est vraiment mieux ! Passer du n°2 mondial, capable d'aligner des gains de plusieurs millions de dollars au cours d'une seule saison, à un gars qui galère sur le circuit européen et qui ne vous paie que tous les trois mois ! Ah oui, ça, vous pouvez le dire, c'est vachement mieux !

— Je vois. Et…

— Remarquez, je m'y attendais à me faire virer. En fait, dès que j'ai appris pour les photos de la mère Nelson et de Will dans les journaux. Je comprends Robby aussi. À mon âge, je ne fais pas encore le poids face à un gars de la trempe de Buddy. Mais bon, ce qui me console un peu, ce sont les résultats de Robby cette année. Son partenariat avec le père Nelson ne semble pas trop lui réussir. Robby ne m'a pas encore fait signe, mais on ne sait jamais… En tout cas, s'il veut me récupérer, je ne lui dirai pas non. Valhermoso, ça dépanne pour une année, mais au-delà… il faut bien vivre !

— Puisque vous abordez le sujet, ironisa l'Écossais : la mort de madame Nelson, qu'est-ce que vous en pensez ?

— Je viens de vous le dire. Moi, j'aurais préféré que ce soit le gros Buddy qu'on retrouve allongé sous le *Old Course*… Arrêtez, je rigole. Non, c'est triste. Le pauvre vieux, on ne peut souhaiter ça à personne. Sinon, moi et Jorge, cette semaine-là, on était aux Baléares pour une démonstration. Ça paie toujours bien. Alors, pour Amanda Nelson, je ne pourrais pas vous aider beaucoup. En revanche si…

L'Irlandais n'eut pas le temps d'achever sa phrase.

— Mais qu'est-ce que c'est que ce bordel ? éructa soudain, en direction de l'officielle à la jupe plissée, le visage rouge de colère d'un homme d'une soixantaine d'années.

— Qui c'est ce gugusse ? continua-t-il de s'agiter. Quelqu'un peut me dire ce que ce péquin fout là ? Et vous là, pourquoi croyez-vous qu'on vous paie ?

Grand, athlétique, les cheveux coupés court, et les bras largement écartés du corps pour rendre sa démarche plus impressionnante encore, le gorille semblait bien décidé à précipiter son complet bleu sur le grain de sable à poil roux qui venait enrayer les rouages parfaits de la machine dont il était responsable.

Aussitôt, Matthew Johnson s'éclipsa sans demander son reste : l'inspecteur Sweeney n'allait pas tarder à faire la connaissance du bouillonnant général Boyle !

*

La tempête Arthur Boyle s'abattit sur le collier de barbe ébouriffée de Sweeney.

— Eh, vous ! Vous allez me faire le plaisir de ficher le camp. Ici, on n'est pas sur un terrain de football. Alors les hooligans, c'est dehors !

— Mais…

— T'as compris ?

Et le visage écarlate du général Boyle s'approcha dangereusement de celui de l'inspecteur. Sweeney sentit qu'il était urgent de faire usage de son précieux sésame :

— 'Specteur Sweeney police ! bredouilla-t-il aussi vite que possible.

Le cerbère de la PGA s'immobilisa. Sweeney eut alors l'impression que son regard furieux faisait lentement, et comme à regret, le tour de ce col qu'il s'apprêtait à empoigner. Décontenancé, mais toujours aussi empourpré, l'homme le toisa une dernière fois avant de lui ordonner :

— On ne reste pas là, suivez-moi !

Persuadé d'avoir affaire au responsable de la sécurité locale, l'inspecteur obtempéra et, tout en prenant garde à demeurer sagement du côté de la tresse réservé aux spectateurs, il accompagna l'aboyeur vers le village de tentes blanches. Une fois sur l'allée goudronnée qui menait au club house, à sa grande surprise, son garde du corps se retourna vers lui et lui tendit la main :

— Bonjour, inspecteur. J'ignorais que vous veniez enquêter ce matin ; il aurait fallu me prévenir. Vous êtes le lieutenant McDermott, c'est ça ?

— Non. Il me rejoint tout à l'heure. Je suis écossais…

— Quoi ? C'est vous qui arrivez d'Édimbourg ?

— Euh… Qui vous a mis au courant ?

— Vous ne savez pas qui je suis ?

— …

— Je me présente : général Arthur Boyle, codirecteur de la *Professional Golfers' Association* et organisateur de ce tournoi. Vous ne pouviez pas vous douter… et moi non plus. On m'a prévenu par talkie-walkie qu'un intrus faisait des siennes au practice, alors je suis venu régler ça, moi-même. Augusta est l'un de nos rendez-vous majeurs. Il est hors de question que nous ayons le moindre incident. Et comme on n'est jamais aussi bien servi que par soi-même… Vous pouvez me rappeler votre nom ?

— Inspecteur Sweeney, S-W-E-E-N-E-Y, épela l'Écossais. Je suis arrivé de Londres hier matin.

— Le lieutenant McDermott n'est pas avec vous ? C'est lui que j'ai eu au téléphone. Il m'avait annoncé que vous ne seriez pas sur zone avant midi.

— Il ne devrait pas tarder. Pour ma part, je suis venu en bus dès l'ouverture.

— Ah bon ? Bien, venez. Nous serons mieux dans mon bureau. J'ai environ un quart d'heure devant moi. Ensuite, je vous demanderai de m'excuser. La compétition commence, et je dois me rendre parfaitement disponible. Vous me suivez, inspecteur ?

Boyle démarra aussitôt et Sweeney, encombré par le sand wedge que lui avait remis Buddy Nelson, peina à suivre le pas sportif du sexagénaire. Il n'eut pas le temps non plus d'admirer le décor chaleureux du rez-de-chaussée du club house et il dut s'employer dans l'escalier pour demeurer dans le sillage du vigoureux général. Toujours au pas de charge, il traversa l'étage où s'affairait une armée de secrétaires appliquées et de jeunes hommes encravatés. Sur son passage, Sweeney entendit la voix du général commander sèchement :

— Margaret, deux cafés !

Puis son guide poussa sans ménagement la porte du bureau face à lui.

Le cœur battant la chamade, Sweeney se posa sans même réfléchir dans le fauteuil de facture XIXe que lui désignait son hôte. Avant qu'il n'ait compris comment, il se retrouva avec un liquide noir et brûlant entre les mains. Puis le général Boyle enchaîna immédiatement, tirant sans sommations :

— Alors comme ça, c'est vous qu'on envoie ? Et votre sand wedge, là, vous comptiez participer au tournoi ?

Sa moue dédaigneuse s'appesantit sur la silhouette dégingandée du jeune policier.

Ignorant le regard ironique du général, Sweeney esquiva l'attaque. L'inspecteur déposa son club de golf et son café à même le sol, puis il sortit de sa poche un étonnant boîtier gris.

— Vous permettez, général ? Dictaphone.

— Vous n'y pensez pas ? Jamais de la vie. Si vous voulez prendre des notes, allez-y. Mais ça non, pas question.

— Euh… bon. Merci, je me débrouillerai sans. Général, enchaîna l'inspecteur, est-ce que vous vous rappelez comment vous avez appris la mort de votre fille ?

Intérieurement, Sweeney jubilait. Sans que son interlocuteur ne s'en doute, grâce au stratagème du dictaphone, il venait de réussir à prendre le contrôle de l'entretien.

— Comme si on pouvait oublier ça ! répondit le général Boyle. J'étais en Floride, de retour à mon bureau de Palm Beach, au siège de la PGA. J'étais revenu quelques heures plus tôt d'Écosse, j'avais pris l'avion dès la fin du *British Open*. C'était un mardi matin… J'ai commencé ma journée comme je le fais toujours, en lisant les journaux et en écoutant la radio. À mon niveau de responsabilité, on ne peut pas se contenter de la rubrique sportive, vous pensez bien. C'était au journal de sept heures. On annonçait que l'on avait découvert la veille une inconnue, enterrée sur le parcours de St Andrews. J'ai attendu un peu et, une heure plus tard, j'ai appelé mon vieil ami McMilllan, le patron du golf club, pour avoir des précisions. C'était important pour moi, car St Andrews doit accueillir le *British Open* l'an prochain. On ne peut pas se permettre la moindre erreur… En discutant, il m'a raconté, presque en plaisantant, que la morte ressemblait vaguement à ma fille Amanda. À ce moment-là, je ne sais pas ce qu'il s'est passé, un pressentiment de père, ou le fait que je n'avais plus eu de nouvelles d'elle depuis des mois… J'ai tenté d'appeler Amanda sur son portable, puis à la maison, mais ça ne donnait rien. Un peu plus tard, j'ai réussi à joindre Buddy

Nelson, son mari. Il était au Canada. Évidemment, comme d'habitude, Buddy n'avait aucune idée d'où se trouvait sa femme. Alors, par sécurité, j'ai décidé d'appeler la police, la vôtre, en Écosse. Lorsque je les ai contactés, ils n'avaient toujours pas réussi à identifier la personne découverte sur le golf. Ils ont vérifié les éléments que je leur communiquais. Et puis, deux heures plus tard, ils ont fini par me rappeler… Il s'agissait bien d'Amanda.

— Pardon, mais c'est drôle que vous ayez tout de suite pu penser qu'il lui était arrivé quelque chose ?

— Oh non, pas tant que ça. Malheureusement, avec ma fille inspecteur, les mauvaises nouvelles, j'en ai eu ma dose. À l'école déjà : vous savez, je l'ai toujours placée dans les meilleurs pensionnats du pays, même en Angleterre pendant une année. Mais Amanda se débrouillait toujours pour se faire renvoyer. Et je ne vous donne pas le détail des motifs, c'était gratiné… Tout ce qui l'intéressait, c'était le golf. Comme j'étais en partie fautif – c'est moi qui lui ai appris à jouer quand elle était gamine – j'ai fini par l'écouter et je l'ai laissée poursuivre. Elle aurait pu faire une belle carrière… Mais il a fallu qu'elle s'amourache de ce gros pataud de Buddy. Un caddie, vous imaginez ? Je lui avais bien dit que ça ne durerait pas, j'ai essayé de la dissuader. Mais c'est là qu'elle a coupé les ponts.

— Vous n'aviez plus de relations avec votre fille ?

— Presque plus. On se croisait au hasard des tournois. Au début, j'ai essayé de continuer à l'appeler, mais elle finissait toujours par me raccrocher au nez. Je suis resté plusieurs mois sans nouvelles. Un peu plus tard, on m'a raconté qu'elle s'était mise à boire, et même qu'elle se droguait en public… Ce n'était pas une nouveauté pour moi. En fait, ça avait commencé dès le collège. Dans ma position, mieux valait prendre mes distances avec elle. Alors c'est ce que j'ai fait… Et puis enfin, l'année dernière, le bouquet final : l'histoire des photos avec Tyron Jr ! La garce !

Et Sweeney vit le regard du général Boyle s'enflammer brutalement sous l'effet de la colère.

L'inspecteur tenta de dévier la conversation :

— Et avec sa mère, général ?

— Nous sommes séparés depuis plus de dix ans. Elle a refait sa vie dans le Wisconsin et elle ne s'est plus jamais manifestée. Elle ne s'est même pas déplacée pour l'enterrement d'Amanda, c'est vous dire !

Pour l'apaiser, tu as mis dans le mille mon vieux Archie ! se désola Sweeney. *Essayons autre chose…*

— Où étiez-vous le jour de son assassinat ?

— La police m'a dit qu'elle avait été tuée le mardi 13 juillet. J'étais chez vous en Écosse, au Royal Troon. Le *British Open* commençait deux jours plus tard, j'avais du pain sur la planche. Je ne savais même pas qu'Amanda était descendue à l'hôtel à Londres. Encore moins qu'elle était montée sur St Andrews.

— Bien sûr… Général, je vois que l'heure tourne et je ne voudrais pas vous retarder. Avez-vous ne serait-ce qu'une idée de ce qui a pu arriver à votre fille ?

— Je vous l'ai dit, inspecteur. J'ignorais qui elle fréquentait. J'avais des échos défavorables, par l'intermédiaire des gens du circuit. Parce que si j'avais compté sur Buddy… Leur vie de couple était au point mort, il ne m'aurait pas appris grand-chose de toute façon.

— Elle venait vraisemblablement retrouver quelqu'un à St Andrews. Qui à votre avis ?

— Buddy sûrement. Ou bien un nouveau playboy du circuit, comme Will… Il ferait mieux de penser à jouer au golf celui-là. Sa saison est catastrophique. S'il dégringole encore au classement, il va finir par nous coûter de l'argent avec ses c… ! Non, très franchement, je n'en ai aucune idée inspecteur. Et puis ça pourrait être n'importe qui, non ?

— Justement, je ne crois pas général. En tout cas, nous allons nous efforcer de le découvrir.

— Bon courage, inspecteur. Quoi qu'il en soit, merci d'être là… Au fait, j'espère que votre police ne va pas laisser pourrir l'affaire sous prétexte qu'Amanda est américaine et pas britannique.

— N'ayez crainte, il s'agit d'une priorité. Dès la rentrée de septembre, deux inspecteurs seront nommés à plein-temps sur le dossier.

— Très bien, je vous remercie. Maintenant il faut que je vous laisse, je dois me rendre au départ. Quelques contrôles encore avant que l'on ne démarre… Je vous raccompagne, inspecteur ?

Tout en descendant l'escalier du club house, le général Boyle posa soudain son bras, aussi épais que le tronc des eucalyptus dans le parc, sur l'épaule de Sweeney :

— Tenez, pour votre information inspecteur : savez-vous qui est la dame en train de boire seule, là-bas au comptoir ?

— Aucune idée.

— Samantha, la femme de Will Tyron Jr. Si j'étais vous, j'en profiterais pour aller discuter. C'est la meilleure façon d'apprendre à connaître Will. Vous comptez le rencontrer lui aussi, j'imagine? Parce que si vous attendez de l'interroger en personne, il sera forcément accompagné par son père, et alors, c'est le paternel qui vous fera les réponses. Enfin, faites comme bon vous semble. Je reste à votre disposition… Euh, inspecteur! Pendant les quatre jours du tournoi, n'allez plus interroger les joueurs sur le terrain. Nous sommes bien d'accord?

Et le général, comme pour mieux s'assurer de la promesse qu'il exigeait de Sweeney, lui broya les doigts dans l'étau d'une poignée de mains surpuissante.

Abandonnant un volcan Boyle momentanément apaisé, l'inspecteur contempla la jeune femme que lui avait désignée le patron de la PGA. Le regard perdu dans le vide, la jolie brune aux mensurations irréprochables sirotait un whisky *on the rocks*: impossible de tromper l'œil exercé d'un Écossais, même à cette distance. La belle Samantha, sous ses allures de Miss Acapulco alanguie, paraissait en proie au plus effroyable des ennuis. Alors, n'écoutant que son courage, Sweeney se résolut à l'aborder, barbe en avant et club de golf à la main:

— Hem… Bonjour madame. Vous êtes bien madame Samantha Tyron, n'est-ce pas?

— Oui, qu'est-ce que vous me voulez?

— Inspecteur Sweeney. Je suis chargé du dossier de madame Nelson. Je peux vous importuner quelques instants? C'est pour mon enquête.

— Attendez. Montrez-moi votre carte de police, vous devez en avoir une? Parce que si vous êtes journaliste…

— La voilà madame. Je suis bien officier de police.

— Ah… Mais vous êtes anglais ?

— Écossais, madame Tyron. Écossais. On peut aller s'asseoir à la table du fond, si vous voulez bien ?

— Non non, on reste ici. Bobby me connaît, on peut discuter. Pas vrai, Bobby ?

D'un clin d'œil complice, le jeune serveur derrière le bar confirma les déclarations d'une cliente qui, manifestement, n'en était pas à son premier verre. *À dix heures et demie du matin, impressionnant !* s'étonna Sweeney.

— D'accord. Est-ce que vous connaissiez madame Nelson, la personne qui a été tuée à St Andrews ? débuta le jeune inspecteur.

— Vous êtes marrant, vous ! Posez plutôt la question à mon mari. Il me semble qu'il est plus qualifié que moi dans ce domaine, vous ne croyez pas ?

— Pardon madame Tyron, mais c'est important. Il s'agit d'un meurtre. Je ne suis pas là pour…

— OK, je vois. Évidemment que je la connaissais. On était même assez bonnes copines. Will et Buddy travaillaient ensemble depuis près de quatre ans, alors Amanda était naturellement l'une des filles du circuit que je voyais le plus. Vous vous doutez aussi sûrement que depuis un an, on se parlait beaucoup moins… Vous savez de quoi je parle ?

— Oui, c'est clair. Sans être indiscret, est-ce que vous pourriez m'expliquer comment… enfin, pourquoi elle et votre mari…

— Ne tournez pas autour du pot ! C'est tellement simple… Will est un gagneur, il réagit toujours de la même façon. Je vous explique : il voulait être numéro un mondial de golf, il l'est devenu. Ensuite, lorsque l'on s'est rencontrés, j'étais Miss États-Unis. Il m'a voulue, il m'a eue… Le problème pour Will, voyez-vous, c'est de réussir à trouver des objectifs à sa mesure, quelque chose qu'il n'ait pas encore conquis. Avec Amanda par exemple, elle était blonde et moi, je suis brune. Vous allez rire monsieur, mais je suis certaine que c'était sa seule motivation : la nouveauté, accrocher un trophée supplémentaire à son tableau de chasse. Et comme d'habitude, il y est parvenu… Alors plus tard, quand un paparazzi l'a surpris avec Amanda, vous savez, ça ne lui a fait ni chaud ni froid de devoir rompre avec elle. Il avait déjà obtenu ce qu'il voulait, point final. Will fonctionne comme ça, je l'ai appris à mes dépens. Moi, il y a longtemps que je ne l'intéresse plus… Mais c'est son père qui l'a élevé de cette façon-là.

— Mmm… oui ?

— Vous ne connaissez pas le père, Will Tyron Senior ? Sous-officier du corps des Marines ! Il a programmé son fils dès l'enfance pour qu'il devienne ce que lui-même n'était pas. Will est un clone, plus fort, plus performant, un double sans volonté propre. Will est sa chose… Rendez-vous compte, il est allé jusqu'à lui donner le même prénom que lui ! Et sa femme, la mère de Will ? Elle s'est suicidée quand il avait six ans. Je crois bien que ni le père ni le fils ne se sont jamais demandé pourquoi elle avait fait ça.

— Et vous madame, quelle est votre place dans cette relation fusionnelle ?

— Moi ? Je n'existe que comme faire-valoir. La potiche idéale pour les photos people, celle qui porte la belle robe aux côtés de la vedette, le sourire professionnel. On laisse crépiter les flashs et puis hop, au revoir ma jolie ! En route pour le prochain tournoi... Cinq ans que ça dure... Vous savez, je me demande encore comment son père a pu le laisser fricoter avec Amanda. Je pense que le vieux ne s'est pas méfié, elle était trop proche. La femme de son caddie, il ne l'a pas vue venir celle-là. Alors l'année dernière, quand il a appris pour les photos parues dans la presse, cette histoire l'a rendu comme fou. Déjà qu'il n'avait pas besoin de ça... Tyron Senior est un ancien de la guerre du Viêt Nam. Je ne sais pas ce qu'il a fait là-bas, mais moi je pense que ça l'a détraqué. En plus, comme les résultats de Will ne sont pas bons cette année, le père le serre d'encore plus près. C'est tout juste si je peux l'approcher, moi, sa propre femme... Tout ça finira mal !

— J'essaierai de les voir dès ce soir, à la fin de la journée de compétition.

— Souhaitez-leur le bonjour de ma part, s'ils se souviennent encore de qui est Samantha Tyron. Moi, je serai au lit... Bobby, tu m'en remets un ? Et vous monsieur, qu'est-ce que vous prenez ?

— Oh rien, merci. Je suis en service. Encore une question : est-ce que vous jouez au golf, madame Tyron ?

— Qu'est-ce que ça peut vous faire ?

— C'est pour mon enquête.

— Je ne vois vraiment pas... Mais si ça peut vous faire plaisir : absolument pas ! Will n'a même pas cherché à m'apprendre et, de toute façon, j'aurais refusé s'il me l'avait proposé. Tous les gens autour de moi jouent au golf, parlent de golf, vivent golf, pensent golf. Golf, golf, golf! Rien que d'entendre le mot, je finis par en avoir la nausée. Alors non, franchement, la petite balle blanche, très peu pour moi… La seule chose qui m'intéresse autour des parcours, ce sont les clubs-houses… et les bars. Alors, vous ne voulez vraiment rien prendre?

Jetant un ultime coup d'œil sur les jambes interminables de Samantha Tyron, l'inspecteur modéra finalement son jugement concernant les impératifs du service:

— Oh, allez… Bobby! Est-ce que vous auriez du…

— Hé! Mais il est là! Sweeney, ça fait plus d'une heure que je vous cherche! Bon sang, où est-ce que vous étiez passé? s'exclama le lieutenant McDermott.

Furibard, l'Américain déboula tel un pitbull dans l'atmosphère feutrée de l'*Augusta National Golf Club.*

Mince, Schwarzie! Je l'avais complètement oublié celui-là, se désola l'inspecteur Sweeney.

*

— Excusez-moi pour l'interruption, madame. Lieutenant McDermott, s'annonça l'Américain.

— Lieutenant, je vous présente madame Tyron, l'épouse de Will Tyron Jr.

— Ah? Ravi, madame. Je suis un grand admirateur de votre mari. Je…

— Vous avez bien de la chance, pas moi! Bobby, laisse tomber, il faut que j'y aille. Tu mettras ça sur ma note… Au revoir monsieur Sweetie, se trompa la belle Samantha, et elle adressa un rapide sourire au jeune Écossais.

— Au revoir madame.

Et Sweeney, subjugué, contempla la danse chaloupée de ses hanches quittant sous une merveilleuse robe à bretelles le bar du club house.

— Mais qu'est-ce que j'ai dit ? se lamenta McDermott, tout en continuant de mâcher son chewing-gum.

Puis il prit la place de la jeune femme sur le tabouret à échasses qu'elle venait de priver de ses jambes superbes.

— C'est vrai, quoi. J'ai seulement dit que j'étais…

— Ne vous faites pas de bile lieutenant, vous n'y êtes sûrement pour rien, le rassura la barbe malicieuse de Sweeney.

McDermott reprit alors le cours de ses pensées :

— Dites inspecteur, vous auriez pu laisser un message au motel. Je vous ai cherché, moi. Comment est-ce que vous êtes venu ?

— Pardon, mais je n'arrivais pas à dormir. Le décalage horaire… J'ai préféré prendre le premier bus qui conduisait les spectateurs jusqu'au Golf Club.

— C'est malin, si j'avais su, je… Tiens ! Qu'est-ce que vous avez là ? Je peux regarder ?… C'est un sand wedge. Où est-ce que vous avez trouvé ça ?

— Ah oui, c'est Buddy Nelson qui me…

— Quoi ? Attendez !

D'un bond, McDermott sauta au bas du tabouret puis, d'un geste sec, il retira pour la première fois ses Ray-Ban. Malheureusement pour Sweeney, le regard bleu acier qu'il dévoila s'avéra plus agressif encore que ne l'aurait imaginé l'Écossais.

— Mais c'est dingue ! explosa l'Américain. Ne me dites pas que vous êtes allé interroger Buddy Nelson ce matin ?… Et madame Tyron, là, à l'instant ?…

Nom de dieu, mais qu'est-ce que vous avez dans le crâne, Sweeney ? Et le respect des procédures ? Vous ne savez pas que ce que vous avez fait est illégal, que ça n'a strictement aucune valeur pour un juge ? Pire même, à partir du moment où vous questionnez des citoyens américains en dehors de ma présence, ils sont en droit de se retourner contre vous. Vous n'imaginez pas ce dont les avocats sont capables dans ce pays ! En plus, vos témoins, ils ont les moyens de se payer les meilleurs ! N'oubliez pas ça : sans moi, vous n'existez pas ici... Mais bon, si vous voulez fiche en l'air votre enquête...

— J'ai aussi rencontré le général Boyle, se hâta de confesser Sweeney.

— *Shit* ! Le c.. !

Et McDermott ne put s'empêcher de faire un tour sur lui-même, les yeux collés au plafond, les muscles bandés, luttant avec la dernière énergie contre l'envie qui montait en lui d'écrabouiller la mine ingénue de l'exaspérant rouquin.

— C'est pas vrai, mais c'est pas vrai !

— Ça s'est bien passé, je vous promets.

— Encore heureux ! Vous voulez me faire casser, vous, c'est pas possible... Je vous avais dit : « Je vous fais mon topo, et après, on voit comment on travaille ensemble. » Mais c'est pas vrai !

Sweeney laissa le lieutenant McDermott effectuer un second tour sur lui-même. À l'issue de la troisième boucle, le policier parvint à calmer les démangeaisons qui couraient encore le long de ses mains. Il accrocha par précaution ses lourdes paluches sur le sommet de ses hanches, puis il s'efforça de contempler sereinement son horripilant collègue écossais.

— Bon, le mal est fait… Est-ce que vous avez eu des réflexions de vos témoins, de Boyle notamment ?

Sweeney préféra mentir et il fit signe que non.

— Il faut que je me calme, moi, soupira l'Américain. Quelle heure est-il ?… Bien, on va aller manger un morceau. Et ce coup-ci, vous restez avec moi, vu ?

— Pas de problème lieutenant, concéda Sweeney, penaud.

Sans un regard pour l'agaçant Scottish et son sceptre métallique, McDermott partit en direction du village de tentes. Pistant les effluves de friture et de viande rôtie, le fin limier repéra le chapiteau où s'alignaient les hamburgers les plus alléchants. Enfin, il alla déposer son impressionnante musculature derrière une large table peinte en vert.

— Café et double cheese, ça vous va ?

— Oui oui, acquiesça Sweeney sans protester.

Son estomac d'Écossais aurait été plus sensible à un haggis arrosé de bière, mais étant donné les circonstances…

— S'il vous plaît, deux cafés et une paire de double cheeses ! commanda McDermott, avant d'honorer Sweeney d'un nouveau regard réfrigérant.

— Bon, je reprends le contrôle des opérations. Que ce soit bien clair : vous ne pouvez pas interroger qui que ce soit en dehors de ma présence, OK ? À la prochaine incartade, c'est moi qui vous fous dans l'avion ! La seule liberté à laquelle vous avez droit, c'est de choisir les clients auxquels vous voulez vous adresser, c'est clair ? On procédera de la façon suivante : on laisse les joueurs dérouler tranquillement leur journée de compétition, puis on les aborde en soirée, à l'hôtel ou au club house. À prendre ou à laisser, inspecteur.

— Je prends. Mais…

— Quoi encore ?

— J'ai pris rendez-vous avec Buddy Nelson demain matin, à six heures, pour le petit déjeuner.

— Vous m'emm… D'accord. Je vous récupérerai au motel, et on s'y rendra tous les deux. Vous en avez d'autres des comme ça ?

— Non, c'est tout. Ah si ! J'aimerais voir les Tyron père et fils ce soir, au club house. Robby Elster aussi, si j'ai le temps.

— Pas de problème, on ira. Ketchup ?

— Non merci, répondit Sweeney, soulagé de voir ses relations avec le lieutenant américain se normaliser à si bon compte.

— Bon appétit. Est-ce que je vous fais mon topo en déjeunant ? demanda McDermott.

— Volontiers. Attendez, je déclenche mon dictaphone. Allez-y, c'est bon !

À la limite de la consternation, l'Américain observa les doigts de l'Écossais, gras de cheeseburger, enfoncer les touches de l'appareil. Puis, résigné, il se décida à lui dresser le bilan des informations glanées par la police de Géorgie :

— Bien, au risque de vous décevoir, je n'ai malheureusement pas pu récupérer grand-chose. On nous a confié le bébé tardivement, et je n'ai appris votre venue qu'il y a huit jours. Dans ces conditions… Enfin voilà : on a dépêché des enquêteurs auprès de tous les joueurs qui se trouvaient dernièrement aux États-Unis et qui figuraient sur la liste des personnes présentes à St Andrews le jour du meurtre. Boyle et la PGA nous ont bien aidés sur ce coup-là… Réponse unanime : rien vu, pas d'Amanda Nelson dans les parages, personne n'est au courant de rien. Bref, chou blanc de ce côté-là. Maintenant, concernant les proches de madame Nelson, son mari Buddy tout d'abord : un alibi fourni par son propre joueur, Robby Elster, en compagnie duquel il se trouvait jusqu'à quatorze heures le jour du crime, puis de nouveau à partir de dix-sept heures, donc *avant* que la victime ne soit assassinée. Mais rien dans l'intervalle de trois heures, il serait allé se reposer dans sa chambre. Il vous a déclaré la même chose ?... D'accord... Ceci dit, quand vous pensez que sa femme se baladait sur le parcours sans même qu'il ne soit au courant... Ils ont pu se croiser sans se voir, c'est possible. Mais je pense que c'est principalement sur ce point que nous devrons l'interroger demain matin.

— Tout à fait de votre avis.

— Robby Elster ensuite : mêmes éléments que Buddy Nelson, des alibis réciproques. Sauf que lui se serait effectivement trouvé sur le *New Course* entre quatorze et dix-sept heures. Dan Hall, un joueur sud-africain, ainsi que son caddie, se souviennent de l'avoir rencontré vers seize heures au trou n°14 du *New Course*... Vous voulez en toucher deux mots à Elster, ce soir ?

— Je verrai lieutenant, peut-être.

— La vedette enfin, Will Tyron Jr : il a passé toute la journée avec son nouveau caddie Jack Powell, et lorsque Powell l'a quitté au club house, vers dix-huit heures trente, son père l'attendait au bar. Ils y sont restés ensemble jusqu'à vingt-et-une heures.

— D'accord. Ensuite ?

— C'est tout. Je vous l'ai dit, nous n'avons pas eu beaucoup de temps pour vous aider.

— Le père de Tyron, Tyron Senior, est-ce que vous l'avez interrogé ?

— Non, on ne s'est intéressés qu'aux joueurs.

— Tant pis, on le verra ce soir. Nous avons déjà un bon programme : les deux Tyron après dîner, autour d'une bonne bière, Elster si on a le temps, et Buddy Nelson dès six heures demain matin. Pas mal pour un début, vous ne trouvez pas lieutenant ?

— Vous voyez inspecteur, quand vous respectez les procédures...

— C'est bon lieutenant. Je m'excuse. Tenez, pour la peine, les hamburgers et le café sont pour moi.

— Merci Sweeney, j'enterre la hache de guerre.

McDermott rechaussa ses Ray-Ban en signe d'apaisement.

— Bien, on a du temps d'ici ce soir, enchaîna le lieutenant. Ça vous dit d'aller suivre le parcours d'un ou deux joueurs ? proposa l'Américain.

— Merci lieutenant, mais je n'y connais rien. En plus, je suis complètement crevé, je n'ai pas fermé l'œil la nuit dernière. Et puis cette chaleur moite... Je ne la supporte pas. Non, je préférerais retourner me reposer au motel.

— Comme vous voudrez. J'ai pris une voiture de service, mon conducteur vous déposera puis il reviendra vous chercher tout à l'heure. Dix-neuf heures trente, ça vous va ?

— OK, vous me raconterez pour le golf ? À plus tard, lieutenant.

S'aidant de son sand wedge comme d'une canne, Sweeney dégagea ses jambes de sous la table verte. Puis il quitta le chapiteau blanc tout en sifflotant une sorte de gigue improvisée.

Quel drôle d'oiseau celui-là ! jugea McDermott, derrière la vitre opaque de ses lunettes. *Décidément, il ne ressemble à rien...*

*

— Alors inspecteur, bien dormi ?

Le lieutenant McDermott accueillit Sweeney au bar du club house avec un air décontracté. L'Américain semblait avoir retrouvé son sourire carnassier.

— Oh, mais vous avez mis une veste, Sweeney ? Fallait pas, c'est assez détendu ici.

— Et de votre côté lieutenant, vous êtes allé voir la compétition ? Dites donc, il y a un monde ce soir !

— Oui, c'était génial. J'ai fait l'aller, du trou n°1 au n°9, en suivant la partie de Brad Devon. Il joue toujours aussi bien l'ancien... Ensuite, j'ai attendu Tyron Jr au n°9 et j'ai fini le parcours derrière lui. Pas mal non plus... Mais je vous préviens, la star risque de ne pas être de très bonne humeur. Il a fait double bogey au 10 puis au 13, et par conséquent au classement...

— Il a fait quoi ?

— Double bogey. Deux coups au-dessus du par.

— Hein ?

— Laissez, je vous expliquerai une autre fois. Bref, il est seulement seizième à l'issue de la première journée. Pour un gars de sa trempe, pas de quoi sauter de joie... Bon, vous êtes prêt Sweeney ? La famille Tyron nous attend.

— Comment ? Déjà ?

— Qu'est-ce que vous croyez ? Vous n'êtes pas le seul à savoir aller vite. Après la compétition, je suis allé me présenter au général Boyle et je lui ai demandé l'autorisation d'aborder les joueurs au club house dès ce soir : pas de problème, m'a-t-il dit. Il m'a même accompagné, et j'ai pu faire la connaissance des Tyron père et fils. On n'attendait plus que vous pour commencer. Vous me suivez, inspecteur ?

— C'est parti, répondit Sweeney en avalant une dernière fois sa salive.

La silhouette massive de McDermott fendit sans difficulté la forêt de polos et de casquettes logotées qui semblait avoir pris racine devant le bar.

Profitant de son sillage, Sweeney fit progresser les poils hirsutes de sa barbe à travers des discussions où il n'était question que de *draws*, de *slices* ou de *hooks – Le parler des États du Sud ?* s'interrogea l'inspecteur – jusqu'à une table basse retranchée au fond de la salle.

Enfoncés dans les coussins éreintés d'un canapé où s'étaient succédé de trop nombreuses générations de joueurs, deux hommes discutaient âprement. Enfin, l'un d'eux surtout. Le plus ancien, une armoire à glaces moustachue et frisée, auprès de laquelle même McDermott avait l'air d'un collégien, ne cessait à l'aide de gestes véhéments d'expliquer au plus jeune la façon idéale d'attaquer le green du trou n°17, la gestion du virage sur le fairway du n°2, ou bien encore les raisons d'un putt manqué sur le n°12.

Sweeney ne comprenait rien à ce charabia d'initiés, pas plus qu'à la gesticulation désordonnée qui semblait l'accompagner. En revanche, Tyron Jr ne cessait d'opiner du chef à chaque haussement de ton de son père. *C'est ça le numéro un mondial de golf ?* s'étonna l'Écossais.

— Re-bonsoir messieurs, je vous présente l'inspecteur Sweeney. Il arrive d'Édimbourg pour enquêter sur la mort de madame Nelson.

Sweeney vit alors se dresser face à lui telle une montagne, la stature imposante de Tyron Senior. Ce dernier lui empoigna sa main laiteuse et il la lui secoua au risque de lui arracher le bras.

— Bonsoir monsieur. Asseyez-vous. Nous parlions du parcours d'aujourd'hui avec mon fils… Alors comme ça, vous vouliez nous demander des renseignements ?

— Euh… Oui, confirma Sweeney, avant de disparaître à son tour dans la profondeur insoupçonnée des coussins du canapé.

McDermott l'imita sur sa gauche.

L'Écossais compléta de lui-même les présentations :

— Bonsoir, monsieur Tyron Junior. Enchanté de faire votre connaissance.

— Alors ? le somma précipitamment le père du joueur. Je ne voudrais pas être désobligeant, mais la police américaine a déjà interrogé Will à ce sujet, et demain la compétition continue. Comme la journée n'a pas été bonne… Une de plus d'ailleurs !

Et Tyron Senior fusilla son fils du regard.

— Bien sûr, monsieur. J'y viens… Monsieur Tyron, reprit Sweeney en s'adressant à Junior, le jour où madame Nelson a été assassinée à St Andrews, le mardi 13 juillet, vous avez déclaré avoir passé la journée sur les terrains avec votre caddie, monsieur Jack Powell. C'est bien ça ?

— Exactement. On a déroulé le *New Course* le matin et le *Old* l'après-midi, une fois et demie chaque parcours, et puis on a déjeuné ensemble avec Jack.

— Rien de particulier sur le *Old Course* l'après-midi ?

— Non, bien sûr que non. Je m'entraînais pour le *British Open* et… Ah si ! J'y pense.

— Oui, quoi ?

— Si, bien sûr ! Un vent de mer à coucher les drapeaux, pas moyen de garder les balles droites !… Je plaisante inspecteur : si j'avais vu Amanda Nelson, je vous l'aurais signalé vous pensez bien.

— Vous avez de la chance de pouvoir plaisanter, monsieur Tyron. Je ne crois pas que son mari Buddy partagerait votre sens de l'humour. À ce propos, quelles sont aujourd'hui vos relations avec votre ancien caddie ?

— Correctes. Pas d'animosité, on se dit bonjour. Même si tout n'a pas été facile l'année dernière – j'ai reçu son poing dans la figure, ça m'a valu huit jours d'arrêt – on a quand même fini la saison ensemble, puis on s'est quittés à l'amiable. Mais à ce moment-là, je ne pensais pas encore qu'il aurait le culot d'aller chez Elster.

— Pourquoi vous séparer de lui alors ? Vous auriez pu…

— Je ne vois pas le rapport avec Amanda ! intervint brutalement Tyron Senior.

Fixant Sweeney avec autorité, il ajouta :

— Tout ça est assez facile à comprendre, non ? Mon fils est sous contrat avec les plus grandes marques de sport, avec des firmes automobiles, des chaînes de télévision, des lignes de vêtements, il y a même une compagnie aérienne qui exploite son image. Ces gens-là n'avaient aucune envie de voir Will faire plus longtemps la une de la presse à sensation, et je leur donne entièrement raison. Donc, on a réglé le problème. Voilà tout.

— Je comprends. Mais j'ai aussi appris que vos résultats étaient moins bons depuis que monsieur Nelson n'était plus votre caddie, n'est-ce pas ?

Imperceptiblement, McDermott se mit à enfoncer deux doigts inquiets dans l'avant-bras de son collègue…

— Vous aviez remarqué vous aussi ? releva ironiquement le père.

— Papa, laisse… Oui, c'est vrai. Mais on ne sait jamais, peut-être qu'avec le temps on pourra de nouveau faire équipe ensemble. C'est envisageable, c'est négociable, mais tout ça est encore beaucoup trop frais pour l'instant.

— Mmm… ronronna la barbe soucieuse de l'inspecteur écossais.

Puis, négligeant la pression toujours plus forte des doigts de McDermott, Sweeney poursuivit :

— Au fait monsieur Tyron Junior, je souhaiterais que vous répondiez à une question, certes indiscrète, mais capitale pour notre enquête : est-ce que vous voyiez toujours Amanda Nelson ?

Instantanément, le lieutenant américain retira sa main du bras de Sweeney : cette fois, il était trop tard !

D'un coup, Will Tyron Senior laissa éclater sa colère :

— Vous allez arrêter de nous faire ch… avec cette histoire, à la fin ! Non, il ne la voyait plus ! Depuis l'année dernière ! Vous croyez peut-être que j'allais rester sans réagir devant ces photos de m… ? Il ne risquait plus de la voir sa pin-up. Les c…, je me suis arrangé pour qu'il n'ait plus l'occasion d'en faire.

— Ah bon ? Faites attention à ce que vous dites, monsieur. Vous étiez vous aussi à St Andrews le jour de la mort d'Amanda Nelson. Est-ce que vous pouvez nous dire ce que vous avez fait cet après-midi-là ?

— Rien. Je suis allé me balader en bord de mer. Il faisait beau, j'en ai profité.

— Est-ce que vous étiez seul ?

— Oui, seul. Et alors ?

— Vous n'avez donc pas d'alibi, c'est…

— Mais vous m'emm… ! Vous rigolez ou quoi ? Vous voulez m'arrêter, c'est ça ? Allez-y, passez-moi les menottes !

— Papa, arrête !

— Allez, mettez-les moi. Vous vous prenez pour qui ? Arrêtez-moi, j'appelle aussitôt mon avocat, je paie la caution, et cette nuit je dors dans mon lit. Allez je vous dis, passez-moi les menottes qu'on rigole un peu. Et n'oubliez pas de convoquer les journalistes, ils adorent ça.

— Monsieur Tyron ! se réveilla McDermott, alors que l'ensemble du club house, médusé, contemplait la scène. Il ne s'agit pas de cela. Nous cherchons juste…

— Vous cherchez les ennuis surtout. Bon, ça suffit maintenant, dégagez ! On a des choses importantes à faire demain avec mon fils. Salut !

Et Tyron Senior, d'un revers de la main, congédia les deux policiers.

Le lieutenant américain entraîna rapidement Sweeney vers des cieux plus cléments.

— Ah, chapeau ! Vous aussi vous êtes un champion dans votre genre.

— Tant pis, au moins j'ai appris ce que je voulais savoir.

— Quoi ? Qu'est-ce que vous avez appris ?

— Pour son alibi ! Le père n'a pas d'alibi.

— Bien, vous êtes content ? Maintenant, on s'en va.

— Une seconde, lieutenant. Je voudrais voir si Robby Elster est là.

— Non, Robby Elster n'est pas là. J'avais jeté un œil avant que vous n'arriviez. Il est parti un peu plus tôt dans la soirée. De toute façon, même s'il avait été là, on aurait arrêté les frais pour aujourd'hui.

— On reprend demain matin avec Buddy Nelson, vous n'avez pas oublié ?

— Oui c'est ça, demain. Allez venez, je vous reconduis chez vous.

*

Exaspéré, le lieutenant McDermott déposa son encombrant colis devant l'entrée du motel. Puis, sans demander son reste, le policier disparut dans la nuit au volant de sa Chevrolet.

Traversant un parking où gravitaient autour des lampadaires des centaines d'insectes aux formes exotiques, Sweeney consulta le cadran de sa montre : vingt-et-une heures quarante-cinq. *Trop tôt pour aller se coucher,* rumina l'inspecteur. *Et puis la température commence seulement à être supportable.* Sweeney réfléchit encore : *À l'heure qu'il est, tante Midge doit être en train de regarder la télévision. On est jeudi soir ? Oui, c'est ça, elle est forcément devant son feuilleton.* Alors, sans plus hésiter, l'inspecteur sortit son téléphone portable de la poche de sa veste.

Voyons, le préfixe pour la Grande-Bretagne... le numéro de tante Midge... et voilà, ça sonne...

— Allô, tante Midge ? Bonsoir Aberdeen, ici les États-Unis ! C'est Archie, tante... Allô, tu m'entends ?... Tante Midge, allô ?...

— Mais Archie, qu'est-ce qu'il te prend de me réveiller à une heure pareille ? Est-ce qu'il t'est arrivé quelque chose ?

À la voix sourde et ensommeillée de sa tante, Sweeney sentit qu'un détail lui échappait... *Sacrebleu ! Le décalage horaire !*

— Oh pardon, tante. Je suis désolé. J'avais complètement oublié le décalage avec l'Écosse... Quelle heure est-il là-bas ? J'espère que...

— Mais il est presque quatre heures du matin, Archie ! Tu m'as fait peur.

— Mince, je suis désolé. Vraiment.

— Ce n'est pas grave. Je dormais mal de toute façon, le chien n'arrêtait pas de remuer.

— Berthie va bien, tante Midge ?

— Ne m'en parle pas, trop bien oui ! Hier, il a attrapé un rat dans le jardin du voisin et il me l'a ramené à la maison. Il l'a traîné jusque dans la cuisine ! Et là, impossible de lui faire lâcher prise. Deux heures de patience avant qu'il n'accepte de lâcher sa bestiole.

— C'est un ratier, tante. Il a ça dans les gènes. Quand il tient sa proie, plus rien d'autre ne compte. Il se ferait couper la tête plutôt que de la rendre. Ce n'est pas mon chien pour rien.

— Et toi Archie, ça va là-bas ? On a parlé de toi hier soir avec le révérend Davis. J'étais allée l'aider au temple, il n'avait déjà plus de cierges sur ses présentoirs, et...

— Oui tante, ça va. Le voyage a été un peu long. Les moustiques et les voitures sont énormes, mais à part ça, tout va bien. Ah si, la température ! Jamais vu ça. Je me demande comment les habitants d'ici font pour tenir, c'est insupportable. Même la nuit.

— Ton enquête sinon, tu t'en sors ?

— Oh tu sais, ce n'est jamais facile de débuter. Mais j'ai l'impression que les gens du coin seront contents quand je m'en irai.

— Qu'est-ce qu'il t'arrive ?

— Je crois que je suis un peu trop direct. Ça me joue des tours.

— Fais attention, Archie. Écoute les gens, écoute bien ce qu'ils ont à te dire.

— Je sais tante Midge, le commissaire Wilkinson m'a déjà fait la même remarque. Mais ce n'est pas si simple, je t'assure. La femme que l'on a assassinée... Au fait, je te fais confiance tante, tu gardes tout ça pour toi ?

— Si tu ne veux pas, ne me dis rien Archie.

— Non non, ça m'aide de t'en parler. Tu te souviens, comme lorsque je te parlais des cas que l'on nous soumettait à l'école de police... On s'est rarement trompés, n'est-ce pas ?

— Bien, alors vas-y.

— Oui, la femme je te disais. Elle menait une drôle de vie, tu sais. Elle et son mari ne se voyaient quasiment jamais, chacun voyageait de son côté. Elle l'avait déjà trompé, et peut-être qu'elle le trompait encore.

— Oh dis donc, tu rencontres de ces gens mon garçon... Mais de là à tuer sa femme Archie, tu te rends compte ? Si tous les maris trompés venaient à se faire justice, il y a longtemps qu'il n'y aurait plus assez de femmes pour qu'eux-mêmes puissent encore trouver des maîtresses !

— Tu as raison, tante. Il est possible que son mari l'ait trompée lui aussi... Je l'ai rencontré ce matin. Il a l'air plutôt sympathique, mais ça ne veut rien dire.

— Parce que tu as mené tes premiers interrogatoires ?

— Euh... Si l'on peut dire. Je te raconterai en revenant... Le mari possède un alibi pour l'après-midi du meurtre. En plus, il prétend ne pas avoir rencontré sa femme ce jour-là.

— C'est peut-être vrai, Archie.

— Je ne dis pas le contraire, mais c'est bizarre... Tu te rappelles, je t'avais expliqué que la victime avait été retrouvée enterrée sur le golf de St Andrews ?

— Oui.

— Ça aussi, c'est bizarre. Ça ne colle pas... Je suis certain qu'elle a été tuée à proximité du trou, mais pas directement là où on l'a découverte. Il y a une zone boisée pas très loin. On a dû la frapper dans le bois, à l'abri des regards indiscrets, l'abandonner sur place, la couvrir de feuilles peut-être, et celui qui a fait ça est ensuite revenu l'enfouir pendant la nuit, sans témoin. Le corps était trop éloigné, au beau milieu du site, pour pouvoir être sorti du golf. C'est la seule raison qui justifie qu'on l'ait enterrée là. Et puis le sable du bunker, avec une pelle et un râteau juste à côté, c'était vraiment l'emplacement rêvé pour ce genre de travail.

— Mais dis-moi Archie, pourquoi aller s'embêter à tuer quelqu'un sur un parcours de golf ?

— Je crois que ce n'était pas prévu. Selon moi, il y a peu de chances pour que l'assassinat ait été prémédité. En tout cas, pas à cet endroit.

— Attention Archie, l'intuition parfois…

— Non, tante. Je dispose d'éléments fiables. Je t'expliquerai une autre fois… J'ai vu le père de la victime également, le général Boyle, un gros bonnet. Pas commode mais il nous aidera, c'est déjà ça. Sinon, tout à l'heure, j'ai rencontré le numéro un mondial de golf.

— Will Tyron Junior ?

— Comment ça, tu le connais tante Midge ?

— C'est le seul nom de golfeur que je connaisse, Archie. Tout le monde te ferait la même réponse.

— Ah bon ? Ça ne me disait rien, moi, avant l'enquête… Enfin ce gars-là avait été l'amant de la femme assassinée. Là aussi, comme le mari, on peut toujours penser que sa relation avec la dame a tourné au vinaigre. Mais il possède un alibi lui aussi. En revanche, et c'est plus intéressant, son père n'en a pas.

— Son père ? Mais qu'est-ce que tu vas chercher, qu'est-ce que son père vient faire là-dedans ?

— Si tu voyais le client tante Midge, tu comprendrais. Un vrai furieux. Il ne faut pas perdre ça de vue : ce n'est pas tout le monde qui peut fracasser le crâne d'une femme avec un club de golf. Quelles que soient les circonstances, ça exige de la puissance et du sang-froid… Par exemple, même si je te mettais vraiment en colère tante, tu crois que tu réussirais pour autant à m'ouvrir la tête comme une vulgaire pastèque ?

— Mon dieu, Archie ! Ne sois pas si grossier… Ceci dit, je ne vois pas pourquoi un père s'en prendrait à la maîtresse de son fils, ça me paraît tiré par les cheveux.

— Sauf si ce fils est le sportif le plus riche de la planète et qu'il faut l'aider à se débarrasser d'une gêneuse qui risque de lui faire perdre des millions de dollars. Au besoin contre son gré, non ?

— Quand même… Mais bon, c'est toi qui vois.

— Tu sais tante, le père et le fils Tyron, ils sont un peu particuliers. Le papa contrôle la vie du fiston de A à Z. Il va même jusqu'à l'empêcher de voir sa propre femme.

— Ça n'en fait pas pour autant un assassin. Tu parlais de sa femme, Archie. Moi qui suis une femme, je peux t'assurer que si mon mari m'avait trompée, j'aurais de bonnes raisons d'en vouloir à sa maîtresse. En tout cas, si quelqu'un assassinait ma rivale, je n'irais pas la pleurer. Il faut se méfier du sexe dit faible mon garçon, nous sommes souvent plus terribles que les hommes.

— Je te fais confiance tante Midge, mais Samantha Tyron ne joue pas au golf.

— Bah… Et alors ?

— J'ai mes raisons, ça ne colle pas. Elle ne peut pas avoir frappé Amanda Nelson.

— Bon, comme tu veux, mais ça m'a l'air bien compliqué ton affaire… Tiens, voilà Berthie qui vient encore se frotter contre mes jambes… C'est ton maître Berthie, écoute… Appelle-le Archie, il va reconnaître ta voix.

— Tante ! Laisse-le donc. Dis-lui plutôt que je viens le chercher dans quatre jours, dès que je rentrerai d'Amérique… Allez tante Midge, je vais te laisser dormir. Encore désolé de t'avoir réveillée. Je ferai attention la prochaine fois… *Shit* !

— Archie ! Je t'en prie !

— J'ai oublié d'appeler le commissaire ! Il va m'incendier.

— Tu lui téléphoneras plus tard dans la journée… Fais comme moi maintenant, va dormir.

— Tu as raison. Je te rappellerai demain soir.

— D'accord, mais pas avant dix-huit heures. Je sors répéter avec la chorale de la paroisse, j'en aurai bien pour tout l'après-midi.

— Promis, je ferai attention cette fois. Je t'embrasse. Bonne nuit, tante Midge !

Baignade et drapeau rouge

— Aaah ! s'écria Sweeney.

D'un coup, ses pieds se détendirent pour venir frapper le plancher de la Chevrolet. Dans un même réflexe, ses bras jaillirent comme des ressorts et s'envolèrent vers le pare-brise.

— Sweeney ! Ça ne va pas ? s'inquiéta McDermott.

Ouvrant les yeux, l'inspecteur, encore blême, constata que la voiture avalait tranquillement les derniers miles qui la séparaient de l'*Augusta National Golf Club*.

— Désolé lieutenant, marmonna Sweeney. Un mauvais rêve… Je me suis assoupi, j'ai cru que je m'étais endormi au volant.

— Ah oui. La conduite à gauche, c'est ça ?

— Je n'arrive pas à m'y faire. Ici, j'ai l'impression que les voitures roulent sans conducteur. En plus, j'ai encore passé une sale nuit. La chaleur… Et puis le décalage horaire.

— Vous allez finir par vous habituer. On arrive, inspecteur. Quel hôtel déjà ?

— Le grand là, celui avec la façade bleue.

McDermott fit involontairement crisser ses pneus en manœuvrant sur le parking encore obscur du palace.

— Six heures pile. J'espère que votre Buddy Nelson n'a pas oublié le rendez-vous.

— Ce n'est pas *mon* Buddy Nelson, lieutenant. Et puis il faut bien qu'on les interroge ces témoins, dès l'aube si nécessaire. Vous ne croyez pas ?

— Très bien, inspecteur… Mais ce matin, pédale douce, OK ? Ne me refaites pas le coup d'hier soir avec les Tyron.

— Pas de danger, je suis beaucoup trop dans le cirage pour ça… Sinon, concernant Nelson, je vous propose que nous commencions par l'entreprendre au sujet des trois heures qu'il déclare avoir passées dans sa chambre, le jour du meurtre. D'accord ?

— Ça me paraît être une bonne idée. Ensuite on le cuisinera sur les raisons de la présence de sa femme à St Andrews… Bon, allons-y !

Les impressionnants muscles dorsaux de McDermott l'arrachèrent sans effort au dossier de sa Chevee.

— Oh ! Une seconde lieutenant, l'interpella Sweeney. J'allais oublier la canne de Buddy Nelson.

L'Américain soupira :

— Sand wedge, inspecteur, sand wedge. Regardez, vous avez même un S gravé sous la tête du club. Vous voyez ? Un S comme sand wedge ; c'est pourtant simple, non ?

— Vous savez, moi, à part le rugby…

— Le quoi ?

— Laissez lieutenant. Je vous expliquerai une autre fois, se vengea Sweeney. Bon, on y va ?

En pénétrant dans la salle de restaurant, Sweeney ne put s'empêcher d'émettre un sifflement d'admiration.

— *Great Scott !* C'est plutôt « classe » ici.

— Quatre étoiles, normal, tempéra McDermott l'appréciation de son collègue écossais.

Aussitôt, un jeune serveur en nœud papillon s'approcha des deux policiers :

— Bonjour messieurs. Une table pour deux ?

— Oui... Euh, enfin non. Savez-vous si monsieur Nelson est déjà descendu ? l'interrogea l'Américain.

— Attendez... Non, pas encore ce matin.

— Alors une table pour trois, de ce côté-là de préférence, et deux cafés, commanda le lieutenant.

— Bien, je vous laisse vous installer. Le buffet est à votre disposition, et le jeune papillon s'envola vers les cuisines.

— Le buffet, ça vous dit inspecteur ?

— Et comment ! Je pose mon bâton et j'arrive, se hâta de confirmer la barbe alléchée de Sweeney.

Se contentant d'un œuf sur le plat et de deux toasts maigrichons, le lieutenant McDermott revint le premier d'un buffet à l'offre pourtant pantagruélique. Cinq minutes plus tard, l'inspecteur écossais regagnait la table à son tour, les avant-bras chargés d'assiettes dont le trop-plein menaçait de se répandre sur la moquette soignée du quatre étoiles.

— Vous avez un estomac de Géorgien ! le flatta son collègue américain.

— Je suis surtout curieux. J'avais envie de tout essayer.

— Mais qu'est-ce que c'est que ça ? gémit soudain McDermott, en roulant des yeux effarés.

— Des *rollmops*, c'est du hareng cru.
— Vous allez manger ça, à six heures du matin ?
— Bien sûr. Je les adore depuis que je suis tout petit. Vous en voulez ?
— Vous pouvez les garder ! répondit McDermott, et il tordit de dégoût ses mâchoires anguleuses.
Puis l'Américain s'empressa d'avaler une rasade de café bouillant.

*

— Six heures vingt. Il se fait désirer votre ami Nelson, s'inquiéta le lieutenant.
Sweeney finit d'engloutir une dernière bouchée de poisson cru, avant de répondre :
— On peut encore attendre dix minutes, après on le fera appeler par la réception. Il peut toujours… Tiens, voilà Robby Elster. Vous voyez lieutenant, Nelson ne devrait plus tarder, le réconforta le jeune inspecteur.
Le longiligne joueur américain pointa précipitamment sa casquette à l'entrée du restaurant, puis il scruta les tables les unes après les autres. Apercevant l'immanquable collier pileux de Sweeney, il se dirigea aussitôt vers les policiers.
— Vous êtes l'inspecteur qui avait rendez-vous avec Buddy ?
— Oui. Bonjour monsieur Elster, je suis…
— Vous l'avez vu ?
— Pas encore. Nous l'attendions justement.
— Ah bon ? et Robby Elster, tout en se mordant les lèvres, continua vainement de chercher son caddie dans la salle.

— J'arrive de sa chambre. J'ai frappé, et ça n'a pas répondu. Je n'ai pas revu Buddy depuis la fin du premier tour, hier après-midi. On s'était donné rendez-vous au club house, hier dans la soirée, mais il n'est pas venu.

— Vraiment ? Monsieur Nelson m'avait dit qu'il ne pourrait pas s'y rendre parce qu'il devait préparer la compétition d'aujourd'hui, fit remarquer Sweeney.

— Buddy vous a dit ça ? Ça m'étonnerait, il ne manque jamais une soirée. Quand je ne l'ai pas vu au bar, je me suis dit que… Vous savez, avec la mort de sa femme, j'ai pensé qu'il n'avait pas la tête à ça, qu'il préférait rester seul. Mais là, ce matin, ça m'embête de ne pas l'avoir encore aperçu. Buddy est toujours très ponctuel.

McDermott et Sweeney se dévisagèrent, se comprenant sans échanger un mot.

— On se rend à la réception, ordonna l'Américain. Ils doivent posséder un double de la clé de sa chambre ; on va aller jeter un œil.

Immédiatement, Robby Elster emboîta le pas aux deux enquêteurs.

— Mademoiselle, lieutenant McDermott. Voici ma carte. Auriez-vous le double de la chambre…

— La 212, précisa Elster.

— Monsieur Nelson qui l'occupe n'a pas répondu ce matin, et nous voudrions vérifier si…

Au même instant, sans prendre garde aux trois clients, un jeune homme en cotte d'entretien héla la réceptionniste :

— Hé, Jenny ! Tu connais la nouvelle ? J'arrive du club house. Il paraît qu'ils ont retrouvé un type au trou n°13 ! Ils partent voir.

— Pardon, c'est notre électri...

— Merci mademoiselle, réagit illico McDermott. Et avec une vivacité que sa corpulence ne laissait pas soupçonner, il s'élança en criant :

— Venez, on file au golf !

Moins d'une minute plus tard, les deux enquêteurs et Robby Elster surgissaient dans un club house en pleine effervescence. Descendant au même instant du premier étage, le général Boyle, costumé, cravaté, et rasé de près, les interpella aussitôt :

— Je vois que les nouvelles vont vite ! Vous tombez bien. On vient de nous signaler un homme inanimé dans la rivière du 13.

— Je préviens les secours, le coupa McDermott.

— Lesquels ? s'inquiéta Boyle.

— Les secours habituels. Ce n'est pas encore fait ?

— Du calme, du calme. Je ne veux pas d'esclandre sur le tournoi. On va d'abord aller...

— Désolé général, l'interrompit à nouveau le lieutenant de toute son autorité d'officier de police.

Puis, regardant Sweeney, il ajouta :

— J'appelle aussi mes services. On risque d'en avoir besoin.

Contrarié, le général Boyle fit mine de s'empourprer. Avant qu'il n'ait eu le temps d'éclater, McDermott proposa habilement :

— Vous nous accompagnez, général ? On va tout de suite se rendre sur les lieux. Monsieur Elster, vous nous montrez le chemin ?

— Attendez ! intervint Boyle. On prend ma voiturette. Elle est juste devant l'entrée. Robby, vous prenez le volant !

Puis les quatre hommes se précipitèrent vers l'étrange véhicule électrique.

En quittant le bâtiment climatisé, Sweeney sentit les premiers rayons d'un soleil déjà mordant poindre sur sa joue. Il détourna le visage. Ses piqûres annonçaient la chaleur oppressante qui ne tarderait pas à s'abattre sur l'*Augusta National Golf Club*.

McDermott embarqua aux côtés de Robby Elster et il composa sur son mobile le numéro des urgences. Secoué par la conduite au couteau du joueur, il parvint cependant à contacter sa permanence :

— Allan ?... Ouais, c'est le lieutenant. Tu me sors le grand jeu... Oui, c'est sérieux. Le *National Golf Club*, oui, vous filez au club house et vous demandez à vous rendre au trou n°13. J'y serai... Ouais, c'est ça, magnez-vous... Au fait : tu sors le légiste du plumard... Oui, Bride, tu me le mets en alerte. À tout à l'heure.

Le général Boyle posa la main sur l'épaule de McDermott :

— Dites, vous ne croyez tout de même pas que...

— Je ne crois rien, général. On va bien voir. Mais je préfère que le dispositif soit en place, au cas où...

Puis se tournant vers Sweeney :

— Bon, inspecteur. Quoi que l'on trouve là-bas, n'oubliez pas : ici, c'est ma juridiction. Je vous tolère comme observateur, point à la ligne. OK ?

— Je comprends.

— Sinon, pour l'interrogatoire de ce matin, j'ai bien peur... Vous voyez ce que je veux dire ?

— Oui, je le crains aussi... soupira Sweeney, désappointé.

— C'est là ! les alerta soudain Robby Elster.

— Je ne vois personne… annonça le général Boyle, en scrutant le green du trou n°12 puis l'aire de départ du 13… Prenez à droite sur le fairway Robby, ordonna-t-il au conducteur.

— Au fait, qui vous a prévenu général ? demanda Sweeney, après avoir résisté au brusque virage en épingle dessiné par Elster.

— Un greenkeeper, il avait pour consigne d'attendre sur place, répondit Boyle tout en observant l'horizon.

Après quelques centaines de yards sur une pelouse à la surface irréprochable, la voiturette se laissa guider par l'architecture en courbe du trou, puis elle s'enfonça dans le goulet du trou n°13 entre deux imposants massifs de sapins.

Traversant brusquement le cours d'eau qui longeait le parcours, un homme surgit pour leur faire signe :

— Il est là ! Il est là-dessous ! s'écria-t-il en gesticulant.

Robby Elster stoppa son engin face au pont engazonné désigné par l'inconnu.

Débarquant le premier, McDermott distribua instantanément les rôles :

— Général, monsieur Elster : vous restez auprès du véhicule et vous vous assurez que personne ne franchit cette limite sans mon autorisation. Sweeney, vous venez avec moi.

Trop heureux de l'invitation, l'inspecteur sauta de la voiture, sand wedge à la main.

Le lieutenant commença par s'adresser au jardinier coiffé d'un bob crasseux :

— Monsieur, pouvez-vous me dire ce qu'il se passe ?

— Ça va faire vingt minutes que je suis là. Il a pas bougé. J'ai bien peur que…

— On va aller voir, calmez-vous. Vous êtes monsieur?

— Hamm, Craig Hamm.

— Vous êtes jardinier?

— Greenkeeper, n'est-ce pas? corrigea Sweeney.

— Oui c'est ça, greenkeeper. J'arrivais pour travailler sur le green du 13. C'est en me penchant pour reboucher un divot que je l'ai aperçu. Vous le voyez?

— Oui, attendez. On va descendre vérifier.

— Je l'ai appelé, mais il a pas bronché. Dans l'obscurité, j'ai pas osé m'approcher, on sait jamais... Ça n'a pas l'air bon pour lui, je crois...

— C'est là? l'interrogea McDermott, et il désigna les dessous d'une arche aux abords bucoliques.

— Oui, il est replié dans la buse, la tête sur les genoux. Un grand costaud...

Les deux policiers échangèrent un regard empreint d'un égal pessimisme.

— Mettez ça! intima McDermott à Sweeney.

Avant d'aller identifier le corps, le lieutenant lui tendit une paire de gants transparents tirés de la poche de son veston.

— Pas mal, vous prévoyez tout! apprécia l'Écossais en spécialiste. Mais, en observant la profondeur apparente du ruisseau, le ton enjoué de Sweeney s'infléchit aussitôt:

— Oh là là, c'est qu'il va falloir se mouiller.

— Eh oui inspecteur, c'est le métier qui veut ça, le rabroua l'Américain.

Les deux hommes descendirent avec précaution la rive abrupte de l'obstacle d'eau. Ils plongèrent ensuite à regret leurs chaussures de ville dans le fond mou et glauque du courant. Baignant jusqu'aux mollets, McDermott pencha la tête à l'intérieur de la buse. Enfin, après un silence long et pesant, il se retourna vers Sweeney pour lui demander :

— C'est lui ?

— Affirmatif, c'est bien lui, confirma l'inspecteur.

Les six pieds trois pouces et les cent quatre-vingt-dix livres du corps de grizzly de Buddy Nelson, se trouvaient littéralement encastrés dans le cercle de la buse, la tête et les bras recroquevillés sur ses cuisses à l'image d'une momie inca. L'eau brune noyait son bassin, ainsi que le bas de ses jambes.

— Il m'a l'air bleu depuis un bon moment, jaugea McDermott. Je vais m'en assurer.

Le lieutenant apposa ses deux doigts gantés de plastique blanc le long de la carotide du géant. Il patienta quelques secondes, s'efforçant d'ignorer le bruit de ruissellement de la rivière, puis il secoua négativement la tête à l'intention de Sweeney :

— OK, on n'y touche pas. On le garde en l'état pour le toubib. Venez quand même regarder ça.

— Il avait raison, je n'aurais pas dû lui souhaiter bonne chance hier matin… murmura l'inspecteur.

— Hein ?

— Non non, rien.

— Approchez : est-ce que vous voyez, inspecteur ?

— Ah ça, on ne peut pas la rater. C'est la cause de la mort ?

— Probable. On attendra l'avis du docteur, mais c'est la même trace que sa femme, non ?

— Oui, presque. Elle, c'était sur la tempe gauche, et lui, c'est à droite cette fois. À la différence près que l'objet n'a pas pénétré la boîte crânienne. Mais c'est seulement parce qu'il est plus costaud que sa femme. N'empêche, vous avez vu la taille de l'hématome ?

— Oui, et regardez bien : le crâne a subi un sacré enfoncement. C'est net, bon sang !... Oh, allez, il n'a pas eu le temps de souffrir.

— Sûrement... médita Sweeney.

— Bien, on remonte, décida brusquement McDermott, dont la résistance à l'humidité semblait entamée.

En voyant les deux hommes remonter avec peine du fossé, puis retirer leurs gants de chirurgien, le général Boyle les interpella sans attendre :

— Alors ?

— Buddy Nelson, il est mort... Assassiné, annonça le lieutenant américain d'une voix monocorde.

À cette nouvelle, Robby Elster ne blêmit même pas : son visage rongé d'inquiétude était déjà livide. Le joueur préféra tourner le dos. Il inclina le front vers le sol et cala ses mains sur les hanches, comme pour mieux récupérer du direct au foie qu'il venait d'encaisser.

Le général Boyle, pour sa part, explosa :

— Ah, p... ! C'est une épidémie ou quoi ? Et le tournoi qui démarre dans trois heures... Robby, est-ce que vous allez jouer ?

Sans même le regarder, Robby Elster secoua négativement la tête.

— OK, je vous comprends. Bon, on fera un communiqué pour la presse, dans le genre : « *Pour des raisons d'ordre personnel, et cetera...* ».

Puis, s'adressant aux policiers :

— Messieurs, je compte sur vous pour que tout ça ne s'ébruite pas. *Black-out* total pour la télévision, d'accord ? *Show must go on*… Au fait, continua le général, votre équipe lieutenant, est-ce qu'elle arrive bientôt ?

Consterné, Sweeney contempla l'incroyable Boyle :

— Général, mais c'est votre gendre qui se trouve là-dessous…

— Pardon, *c'était* mon gendre, jusqu'à la mort d'Amanda… Écoutez inspecteur, des coups durs, j'en ai vu d'autres dans ma carrière d'officier, vous savez… Et puis il faut bien que vous compreniez qu'ici je suis avant tout le codirecteur de la PGA, et l'organisateur de l'un des plus grands événements sportifs de la planète. Les enjeux sont énormes… Ce soir, j'aurai le temps de redevenir le beau-père de Buddy. J'appellerai moi-même ses parents, ils vivent dans le Montana. Dans l'immédiat, je dois tout d'abord m'assurer que l'*Open* pourra se dérouler dans de bonnes conditions… Alors, ils arrivent vos collègues ? conclut Boyle en se tournant vers McDermott.

— On dirait, répondit l'Américain, en apercevant un cortège de voiturettes électriques qui tressautaient à toute vitesse sur le fairway.

— C'est la charge de la cavalerie légère ! s'esclaffa le général Boyle devant un Sweeney médusé.

— Salut, Allan ! Vous n'avez pas traîné, félicita McDermott son jeune collègue en complet noir.

— Tu parles, quels c… au club house ! Ils ont insisté pour qu'on vienne jusqu'au trou avec ces voitures de nains, là ! Pas moyen de faire passer nos bagnoles, je crois qu'ils auraient encore préféré se faire rouler dessus.

— L'essentiel c'est que vous soyez là. De toute façon, il n'y a plus d'urgence à présent et… Docteur ! Vous êtes de la partie, vous aussi ? À cette heure ?

— Qu'est-ce que vous croyez, lieutenant ? Je n'allais quand même pas louper une occasion pareille de visiter le parcours de l'*US Open*.

— Tenez docteur, je vous présente l'inspecteur Sweeney. Il vient d'Écosse. Inspecteur... Docteur Bride.

— Vous êtes en stage chez nous, inspecteur ?

— Non, pas du tout docteur. Il se trouve que la femme du monsieur que vous allez découvrir là-dessous est morte chez nous le mois dernier, assassinée dans les mêmes conditions.

— Ah ? C'est un meurtre, McDermott ?

— Oui, un homme, Buddy Nelson, la trentaine, la tempe enfoncée par un objet contondant. Un club de golf vraisemblablement.

— Comme celui-là, expliqua Sweeney en brandissant son sand wedge.

— Euh... Oui, merci. Je m'en serais douté, répondit Bride, et il toisa l'Écossais comme s'il s'agissait d'un demeuré.

— Vous verrez, poursuivit McDermott, l'assassin l'a frappé puis il a planqué le cadavre au fond de la buse, là, sous le pont.

— Eh bien merci lieutenant, il fallait me dire d'apporter les bottes ! Je vais être trempé, moi.

— Nous, c'est déjà fait, et McDermott souleva les pattes dégoulinant d'eau boueuse de son pantalon bleu.

Avant de descendre et de s'engager à son tour dans l'orifice où croupissait le cadavre de Buddy Nelson, le docteur Bride, émoustillé par le cadre idyllique du prestigieux *US Open*, ne put retenir une note d'humour noire :

— Hé, dites ! Le n°13, ça ne lui a pas porté chance à votre client !

Puis, désignant le fanion triangulaire qui flottait sur le green adjacent :

— En plus, il aurait dû le savoir : on ne se baigne pas avec un drapeau rouge. C'est dangereux !

Sans doute qu'il a besoin de ça pour se détendre, se désola Sweeney.

Enfin, l'inspecteur vit avec soulagement le dramatique docteur Bride disparaître au fond du trou pour s'y acquitter de sa sordide besogne.

*

Le « flop… flop » lancinant du ventilateur s'acharnait à mêler l'air chargé de moiteur aux volutes brunes et suffocantes de cigare… Et ces fichues moustiquaires, rivées aux fenêtres, qui interdisaient toute évasion à ces vapeurs lourdes et vomitives… Un véritable poison pour des poumons d'Écossais !

— Lieutenant, est-ce qu'il fait toujours aussi chaud dans votre bureau ? Et je peux vous demander d'arrêter de fumer ? Je ne me sens pas très bien… supplia Sweeney, plus pâle qu'à l'habitude.

— Dites inspecteur, ça vaut bien l'odeur de hareng cru à six heures du matin !… Bon, je vais l'écraser, mais c'est un vrai péché que vous m'obligez à commettre… Quelle pitié ! Un Havane de chez le camarade Fidel, un barbu comme vous… Offert par ma femme en plus !

— Vous m'excuserez auprès d'elle.

— Déjà que vous me privez du dernier jour de l'*Open*. Moi j'aurais préféré assister au…

— Mais vous ne m'aviez pas dit qu'il n'y avait plus aucun suspense? le coupa l'inspecteur. Qu'avec six coups d'avance, le leader ne pouvait plus être rejoint? Comment est-ce que vous l'appelez déjà?

— Michael Krantz. Un gars de Chicago... C'est sûr, en principe, il devrait gagner. Mais vous savez, au golf, rien n'est jamais fait. Tant que vous n'avez pas rentré le dernier putt sur le 18. On a déjà vu des...

— Vous regarderez le résumé à la télévision. Je pars demain, lieutenant. Il faut bien que l'on fasse le point avant mon retour en Écosse, non?

— Oui, bien sûr... N'empêche, vous vous rendez compte? Ce gars qui s'arrête de jouer pendant un an, qui retourne vendre des voitures dans l'Illinois, en pensant que sa carrière est finie, et qui est aujourd'hui en passe de remporter l'un des plus grands tournois du monde...

McDermott aperçut un sourire moqueur se dessiner sous la barbe rousse de Sweeney. Ironiquement, l'inspecteur finit même par déposer sa bonne humeur, ainsi que son menton, sur la pointe du manche de son sand wedge.

— Oui, c'est bon monsieur l'inspecteur Sweeney! On va commencer! Au fait, je vois que vous avez conservé le club de ce pauvre Buddy Nelson.

— En effet, Robby Elster ne me l'a pas réclamé. C'est aussi une façon pour moi de conserver un souvenir, une sorte de témoin que Buddy m'aurait transmis dans la recherche de l'assassin de sa femme... et du sien.

— Et vous comptez le ramener à Édimbourg? Pendant que j'y pense inspecteur, à quelle heure décolle votre avion demain lundi?

— À midi. Il faut que je sois à l'aéroport pour dix heures trente.

— OK, je viendrai vous prendre moi-même à dix heures au motel. De toute façon Sweeney, ce ne sera qu'un au revoir entre nous. Puisque dorénavant nous partageons l'assassinat du couple Nelson, nous allons rester en contact.

— On verra lieutenant, ça dépend de mon commissaire. Je ne suis pas certain de pouvoir garder l'affaire ; depuis le meurtre de Buddy Nelson il y a deux jours, je me fais eng… à chaque appel téléphonique, vous ne pouvez pas imaginer ! Je ne suis pas pressé de remettre les pieds dans le bureau de Wilkinson.

— Votre patron n'a pas grand-chose à vous reprocher, inspecteur. L'assassinat de Nelson, ni vous ni moi n'y pouvions quoi que ce soit. Le processus qui a abouti à sa mort était en marche bien avant que l'on ne vous confie l'affaire. En réalité, le meurtre d'Amanda contenait en germe celui de son mari. Bien malin celui qui l'aurait deviné.

— Possible, lieutenant. Mais si c'est le cas, alors il nous faut maintenant comprendre au plus vite ce qui a fait basculer ces deux premiers dominos. On ne sait jamais, peut-être que d'autres pourraient encore tomber.

— C'est une façon de voir les choses, concéda McDermott.

— Bien, on se lance lieutenant ? Dictaphone ?

— Dictaphone ! sourit McDermott, rodé aux marottes de son collègue européen.

« Clic ».

— La victime, commença l'Américain, est morte jeudi soir vers vingt heures, d'un coup porté de face sur la tempe droite. L'objet utilisé est un club de golf, un fer, puisque les empreintes de la tête et du shaft sont apparentes sur la plaie. Ce coup a occasionné la mort cérébrale du sujet.

— Et l'on retrouve des éléments tout à fait comparables à ceux du meurtre d'Amanda Nelson.

— Oui, on est bien obligé de le constater. Mais restons prudents… Bien inspecteur, continuons tout de suite avec nos deux hypothèses les plus crédibles, poursuivit McDermott.

— OK j'y vais, si vous voulez bien. Vous me contredirez si vous n'êtes pas d'accord, le sollicita Sweeney… La première hypothèse tout d'abord, celle qui paraît la plus logique au vu des éléments que nous possédons : Amanda Nelson a été assassinée à St Andrews, sans qu'aucun de ses proches ne paraisse informé de sa présence en Écosse. Les mobiles et les circonstances restent flous… Quand il apprend sa mort, son mari Buddy porte ses soupçons sur une personne qu'il sait pouvoir retrouver lors du tournoi d'Augusta. Il attend la fin du premier tour, puis il s'en va lui demander des comptes. Avec le résultat fatal que l'on connaît.

— Oui, inspecteur. Étonnant cependant qu'il ne se soit pas méfié plus que cela. Si cette hypothèse est la bonne, elle a deux implications : premièrement, Buddy avait vu juste et il connaissait l'assassin de sa femme. Mais alors, de quels éléments disposait-il pour parvenir à cette déduction… fracassante ? Deuxièmement, cela signifie qu'il n'existe qu'un seul meurtrier dans nos deux affaires, à St Andrews comme à Augusta.

— Mmm… Effectivement, tout ça aurait le mérite d'être simple, marmonna Sweeney.

— Et la seconde hypothèse ? le relança l'Américain.

— Il ne faut pas la négliger : Buddy a tué ou fait tuer sa femme en Écosse, un crime de mari jaloux. Puis quelqu'un l'a tué à son tour, selon le même mode opératoire, pour venger le premier meurtre. Ou pourquoi pas pour d'autres motifs encore, liés au milieu du golf cette fois. C'est moins simple…

— Mais envisageable. Bon, ensuite, résumons les informations dont nous disposons concernant les circonstances du meurtre de Buddy, jeudi dernier.

— Ce sera vite fait, soupira Sweeney.

— Vous me faites signe si j'oublie quelque chose, entama McDermott. Le jour de sa mort, Buddy a été croisé après la compétition marchant sur le chemin qui dessert le parcours. Il portait les vêtements que nous avons découverts sur lui au trou n°13. Le matin même, il a refusé de vous rencontrer à la soirée du club house, prétextant devoir préparer la journée du lendemain. Il n'a pas non plus rejoint Robby Elster au bar.

— Dans ces conditions, si nos deux hypothèses sont correctes, soit il était à la recherche du meurtrier de sa femme, soit on lui avait donné rendez-vous du côté du trou n°13 pour lui régler son compte. Il va donc falloir que nous interrogions aussi…

— Impossible ! l'interrompit McDermott. Sans vouloir jouer les rabat-joie inspecteur, le problème qui va se poser à nous, c'est que dès ce soir tout ce petit monde va nous filer entre les doigts. Au terme de l'*Open*, le circuit international de golf quitte la Géorgie. La prochaine compétition qui les verra se regrouper n'aura pas lieu avant le début du mois de septembre en Irlande. Et l'Irlande, que je sache, ce n'est ni chez vous, ni chez moi. Alors…

— Alors on verra ! réagit Sweeney.

— On verra quoi ? On ne peut coincer personne dans l'immédiat, vous le savez bien. Ils ont tous des alibis !

Et sous l'effet de la frustration, les dents de McDermott décapitèrent d'un coup sec la pointe de son stylo.

— Doucement, lieutenant… À ce propos, pour notre topo, si on faisait le tour de ces fameux alibis ? réclama Sweeney, et il désigna la bande de son dictaphone qui commençait à enfler dangereusement.

— Si vous voulez, se calma le lieutenant américain… Matthew Johnson, tout d'abord. N'a pas quitté le bar du club house où, de dix-huit à vingt-trois heures, il était venu noyer son chagrin. Sa journée avec Valhermoso, son joueur, avait été si mauvaise qu'ils n'avaient dès jeudi soir quasiment plus aucune chance de passer le « cut » et de pouvoir disputer les deux derniers jours de l'*Open*. Par conséquent, même s'il avait voulu ce soir-là se débarrasser de Buddy, dans l'espoir de retrouver sa place de caddie auprès de Robby Elster, il aurait fallu que Johnson en charge quelqu'un d'autre. Peu crédible.

— Ensuite nous avons revu les Tyron père et fils, séparément cette fois.

— Toujours aussi charmant le père… À ce propos, on a pour l'instant de la chance avec la presse. Rien n'a filtré. Finalement, Boyle mène plutôt bien sa barque à ce niveau-là, et il faut avouer que ça nous facilite la tâche.

— J'y pense lieutenant, vous qui vous intéressez aux résultats de la compétition : qu'est-ce que ça donne pour Tyron Jr ?

— Moyen... Il navigue entre la dix et la quinzième place. Ce n'est pas avec ça qu'il redorera son blason. Les journalistes s'impatientent, ils ne vont pas tarder à le lyncher dans leurs prochains articles... Pour en revenir aux alibis, le papa et son fiston se trouvaient ensemble sur le parcours à cette heure-là, sans leur caddie Jack Powell. Ils déclarent être allés rejouer les coups ratés de l'après-midi. C'est ce dont ils parlaient au club house lorsque nous les avons abordés pour la première fois. Sinon, ils reconnaissent être passés par le trou n°13, mais n'avoir rien remarqué.

— Mmoui...

— Je sais inspecteur, ça ne vous plaît pas. Alibis mutuels, que voulez-vous que j'y fasse ? Dans l'immédiat, nous ne pouvons pas aller plus loin. En plus, les Tyron c'est de la dynamite médiatique. Si je fais coffrer l'un ou l'autre sans la moindre preuve, je suis bon pour finir ma carrière à la circulation dans un bled paumé de l'Alabama. Désolé Sweeney, mais j'ai une femme et des gosses.

— Ouais... N'empêche, le père Tyron m'intéresse beaucoup dans l'affaire du premier meurtre, celui d'Amanda. N'oubliez pas qu'il n'a aucun alibi pour l'Écosse. Il avait en plus de bonnes raisons de vouloir se débarrasser définitivement de la jolie madame Nelson. En effet, peut-être qu'entre elle et Junior les choses étaient plus sérieuses qu'il n'y paraît ?... D'ailleurs, au risque d'insister, si on extrapole cette situation de départ à la mort de Buddy, une fois le problème Amanda réglé, plus rien ne s'opposait à une nouvelle collaboration entre Junior et son ancien caddie. Tyron Senior aurait pu vouloir lui forcer la main pour qu'il reprenne sa place au plus vite auprès de son fils. Son meurtre n'est peut-être rien d'autre qu'une discussion d'affaires qui aurait mal tourné.

— Stop, Sweeney ! Stop ! Vous vous emballez.

— Peut-être lieutenant, mais ça se tient.

— Même si ça se tient, comme vous dites, vous n'avez pas l'ombre d'une preuve. Et je peux vous concocter une dizaine d'autres scénarios qui se tiennent tout autant. Alors : stop ! le tança McDermott.

— Bon, OK, et Samantha Tyron, qu'est-ce que vous en pensez, lieutenant ?

— Plutôt bien roulée, n'est-ce pas ?... Désolé Sweeney, c'est une mauvaise plaisanterie... Côté alibi, elle a passé toute la soirée au bar. Plutôt agréablement entourée, si j'ai bien compris : un producteur de cinéma qui souhaitait l'engager pour son prochain film. De toute façon, elle est incapable d'avoir administré les coups mortels. Enfin, si on peut toujours lui trouver le mobile de la jalousie pour le meurtre d'Amanda Nelson, pour Buddy, c'est déjà plus délicat... Drôle de couple tout de même, fit remarquer l'Américain.

— Pourquoi dites-vous ça ?

— Vous vous rendez compte ? Elle dort dans une chambre distincte de celle de son mari, et c'est le père qui partage la chambre du fils ! On voit que vous n'êtes pas marié, vous. C'est une situation intolérable pour une épouse. Après le coup des photos l'année dernière... Mais bon ! A priori, dans cette direction-là, on s'éloigne du meurtre des Nelson.

— Pour finir lieutenant, le dernier que nous avons interrogé, Robby Elster ?

— Témoignage de routine, selon moi. A attendu son caddie jusqu'à vingt heures au bar, puis est monté se coucher… Vous me direz, Elster aurait eu le temps de filer jusqu'au 13 pour y tuer Buddy. Mais le mobile ? Sa première journée à Augusta avait été excellente, il était troisième au classement provisoire. Cela faisait belle lurette que lui et Buddy n'avaient pas connu pareille réussite. Et Robby l'aurait assommé pour fêter ça ? Je n'y crois pas.

— Moi non plus, si ça peut vous rassurer. Elster m'a plutôt l'air d'un chic type, mais…

« Clic ».

— *Great Scott!* s'exclama Sweeney. Déjà finie.

— Tant pis. On en avait terminé, non ?

— Et le général Boyle, lieutenant ?

— Vous avez vu comme moi. Pendant ces quatre jours, impossible de le coincer plus de dix minutes. Il est sollicité en permanence.

— Mais si notre première hypothèse était la bonne, insista l'inspecteur, et si Buddy avait découvert l'assassin de sa femme, vous ne pensez pas que le général pourrait lui aussi avoir abouti aux mêmes déductions ? Ce sont tout de même sa fille et son gendre que l'on vient d'assassiner coup sur coup. Imaginez, et si c'était lui que l'on cherchait à atteindre à travers ces meurtres ?

— D'accord, mais alors dites-moi : s'il a des soupçons, pourquoi ne vient-il pas nous en faire part ?

— Je ne sais pas… Cependant, je regrette que nous ne l'ayons pas…

— Sweeney, stop ! Pour la dernière fois, stop ! Je vous aime bien, mais là, ne franchissez pas les bornes. Vous savez comme moi qui est Boyle, et ce n'est pas nous, petits policiers, qui allons le convoquer à notre guise pour un interrogatoire. Ce n'est pas comme ça que ça marche. Vous êtes jeune Sweeney, vous apprendrez que…

— C'est bon lieutenant, ça va ! s'enflamma la barbe rousse de l'Écossais. Puis, changeant subitement de ton, il contempla McDermott sans vraiment le regarder :

— Et si nous faisions fausse route… marmonna-t-il pour lui-même. Il faudrait que j'en parle à tante Midge…

— Quoi ? À qui ? sursauta la silhouette musculeuse de l'Américain.

— Pardon lieutenant. Rien, je parlais tout seul… Ça m'arrive parfois.

— Ah bon… Dites Sweeney, on s'arrête là si ça ne vous ennuie pas ? Le dictaphone c'est bien, mais moi j'ai encore toute la paperasse à taper pour l'étage supérieur… Allez voir l'agent Dickinson à l'accueil, c'est lui que j'ai chargé de vous reconduire au motel… Salut inspecteur, et bonne nuit. Ne cogitez pas trop. À demain matin dix heures, n'oubliez pas !

Et Sweeney se laissa écraser les doigts une dernière fois dans l'étau redoutable de la main de McDermott.

Tout à coup, en refermant dans son dos la porte du bureau de son collègue, Sweeney sentit son nez brutalement saisi d'une agitation frénétique : l'odeur du Havane avait définitivement imprégné ses vêtements, ses cheveux, et jusqu'au dernier de ses grains de rousseur !

Agacé, Sweeney voulut se venger de cette humiliation et il fouetta de toute la vigueur de son sand wedge l'air humide et lourd de la Géorgie. À sa grande surprise, son geste rageur arracha à la moiteur du Sud un sifflement bref et plaintif. Ravi, l'Écossais jugea qu'il pouvait se satisfaire de cette correction bien sentie et, la tête haute, il s'éloigna du bureau enfumé de McDermott.

*

Sweeney somnolait à l'arrière du *cab* orange. Les avenues planes et rectilignes de la périphérie d'Augusta s'enchaînaient, nonchalantes, transformant la route vers le *National Golf Club* en une succession de paysages de cartes postales.

Sur sa gauche se dressait un quartier résidentiel, avec ses jardins sans clôtures qui attendaient le passage d'un laitier matinal, et puis ses maisons de plain-pied aux façades blanches, larges et si sûres d'elles-mêmes… À sa droite, une allée bordée de sassafras plongeant vers l'une de ces demeures à colonnes aux langueurs si caractéristiques des anciens États coloniaux… Charmé par cette vision, Sweeney s'attendait à chaque instant à voir surgir d'entre les arbres la robe bleue de Scarlett, poursuivie par la moustache éperdue d'un Clark Gable…

— Hey, m'sieur ! l'interpella son conducteur black. C'est un peu tard pour aller au golf. On est lundi, l'*Open* est fini.

— Je sais, je sais… ronronna Sweeney, assoupi.

— Vous avez vu ? insista le chauffeur. C'est Michael Krantz de Chicago qui l'a emporté. Incroyable, non ? Personne n'aurait misé un dollar sur ce gars-là avant le tournoi. Et Tyron Jr, même pas dans les dix premiers. Et Elster qui abandonne… Encore heureux que ce soit un Américain qui ait gagné. Bon d'accord, c'est un Yankee, mais on ne va pas faire la fine bouche parce que…

— Je sais, je sais… répéta Sweeney, en modulant son ronronnement.

— Et vous m'sieur, vous êtes pas américain… Vous avez un drôle d'accent. Vous venez d'Australie ?

— Non, d'Écosse.

— Ah ? J'ai un cousin qui vit aussi en Nouvelle-Écosse, à Halifax. Il est chauffeur de taxi comme moi… Dites, ça doit vous changer d'ici, c'est qu'il fait pas chaud dans votre pays !

Il confond Écosse et Canada, se lamenta Sweeney, en constatant l'erreur grossière de son conducteur. *Trop tard pour lui faire un cours de géographie, on arrive.* L'inspecteur jeta un rapide coup d'œil à sa montre : « 7:30 am ». *Largement le temps de discuter avec Boyle – j'espère qu'il est encore là – et de rentrer au motel pour dix heures. Je verrai ensuite si j'en parle ou non à McDermott…*

Le *cab* freina à la hauteur du club house.

— Vous m'attendez ? J'en ai pour une vingtaine de minutes. Ensuite, on rentrera au motel où vous m'avez pris tout à l'heure, OK ?

— OK boss, lui confirma le conducteur black de son plus large sourire.

Son sand wedge posé sur le bras comme un officier anglais son stick, la tête du club plantée sous la clavicule, Sweeney gravit d'un pas décidé la volée de marches qui conduisait à l'étage. Ce qu'il était en train de faire était totalement insensé, mais il ne pouvait pas se résoudre à quitter les États-Unis sans avoir interrogé le général Boyle une dernière fois. L'inspecteur avait le sentiment que ce témoignage pouvait lui fournir la clé de toute son enquête. Impossible de partir sans elle...

Les bureaux qui, pendant quatre jours, avaient frémi de l'agitation des jeunes employés de la PGA, étaient dorénavant vides et silencieux. Au fond du couloir, seule la secrétaire du général Boyle s'affairait encore, classant les derniers courriers.

— Bonjour mademoiselle, la salua Sweeney. Le général Boyle est-il là ?

— Euh... Oui, sursauta la jeune femme devant l'apparition de cette improbable barbe rousse.

— Merci !

Et l'inspecteur, avant même qu'elle n'ait eu le temps de protester, poussa le lourd battant verni qui le séparait du patron de la plus puissante organisation de sports du monde.

— Tiens... Vous êtes encore là ? l'accueillit Boyle, retranché derrière la lecture appliquée du *New York Times*.

— Oui, général. Je prends l'avion pour Londres ce midi, mais j'aurais souhaité vous poser quelques questions avant mon départ.

— Nous n'avions pas rendez-vous jeune homme, me semble-t-il... et tout en repliant son journal, Boyle souleva les rides d'un front contrarié.

— C'est vrai général, mais j'estimais...

— Allez, asseyez-vous. Je vous accorde dix minutes. Qu'est-ce que vous voulez savoir ?

— Voilà, je...

— Vous avez lu la presse ? La victoire de Krantz ne fait même pas la une des journaux de sport. Ils lui ont préféré l'annonce de la retraite de Doug Payne, le joueur de base-ball des Rangers. Vous vous rendez compte ?

— Euh…

— Ah oui, j'oubliais. Vous êtes écossais, ça ne vous dit rien… J'ai pourtant essayé de leur vendre l'histoire personnelle de Krantz, ce loser qui ressuscite pour remporter le Championnat. Mais ça ne les intéresse pas. Cendrillon dans le monde du golf, peine perdue !… Mine de rien, on lâche encore un fric fou sur ce coup-là. C'est que j'ai des comptes à rendre à nos associés moi, et… Oh, pardon. Revenons plutôt à ce qui vous amène. Alors ?

— Général, je tiens à vous préciser que ma démarche ne s'effectue pas dans un cadre légal, que vous n'êtes donc pas obligé de répondre à mes questions, et que si…

— Je m'en fiche. Vous avez du culot, ça me plaît. Alors ?

— Eh bien je dois vous avouer que même si plusieurs hypothèses se dégagent, nous n'avons toujours aucune piste suffisamment sérieuse pour établir un lien entre les deux meurtres. En outre, la mort de Buddy aux États-Unis, tandis que votre fille a été tuée en Écosse, va encore nous compliquer la tâche. La coopération des polices, vous savez, ce n'est pas ce qu'il y a de plus facile à mettre en œuvre.

— Mmm… bourdonna le visage impatienté du général Boyle.

— Pour ma part, continua Sweeney, il me paraît probable qu'il s'agit dans les deux cas du même meurtrier.

— Oui, eh bien trouvez-le jeune homme ! C'est pour ça que l'on vous paie, non ?

— Bien sûr, bien sûr... Général Boyle, pouvez-vous me dire où vous vous trouviez jeudi dernier, vers vingt heures ?

À cette question, le général demeura tout d'abord interdit. Mais, dès que son cerveau lui eut confirmé la demande stupéfiante que ce blanc-bec ahuri, à la peau laiteuse et aux poils de barbe mal peignés, venait d'oser lui faire, il laissa soudain exploser sa colère :

— Miss Stamp ! vociféra-t-il, et il se redressa derrière son bureau.

Le volcan sexagénaire entrait en éruption.

— Ah l'enfoiré ! éructa-t-il encore, étranglant Sweeney du regard. Ça n'est même pas foutu de savoir qui a tué ma fille et mon gendre, ça débarque à l'improviste, et tout ça pour me demander où j'étais pendant qu'on assassinait Buddy !... Miss Stamp !

Sweeney resserra ses doigts sur le manche de son sand wedge, ultime rempart face à la furie Boyle en train de déferler.

— Miss Stamp ! Dites à ce freluquet ce que je faisais jeudi dernier à vingt heures !

Terrorisée, la secrétaire réfléchit un court instant, avant de bredouiller :

— Eh bien... Comme d'habitude, général. Nous préparions les communiqués officiels, l'ordre des départs du lendemain... Vous avez aussi reçu...

— À quelle heure sommes-nous sortis, Miss Stamp ? tonna l'atrabilaire.

— Oh, pas avant vingt-trois heures ! Les premiers jours de tournoi, il y a tellement à faire.

— Ce sera tout Margaret, la congédia Boyle.

— Maintenant, inspecteur je-ne-sais-plus-comment, vous allez me foutre le camp. Estimez-vous heureux que je ne porte pas plainte, et mettez-vous enfin au boulot : je vous rappelle que je ne sais toujours pas qui a tué ma fille et mon gendre ! Allez, sortez !...

*

Dix minutes plus tard, assis sur la banquette arrière du *cab* orange qui le ramenait vers son motel, Sweeney songea qu'il venait de faire la plus belle c... de sa courte carrière. Secoué et méditatif, il demeura imperméable aux sollicitations bavardes de son chauffeur pendant tout le trajet.

Tandis qu'il lui réglait la course, Sweeney se jura de taire à McDermott sa malheureuse initiative. Puis, alors qu'il s'éloignait en direction de sa chambre, une pensée saugrenue, mais portée par un incroyable optimisme, finit par lui traverser l'esprit : *Tout compte fait Archie, tu as appris ce que tu voulais savoir, non ? Et peut-être même un peu plus...*

Ragaillardi par cet espoir inattendu, Sweeney fit alors tournoyer son club de golf comme Charlot sa canne. Il faucha sans coup férir une fleur innocente et il partit en sifflotant une marche de la Black Watch...[1]

---

1. La Black Watch est le plus célèbre régiment royal écossais. Composé à l'origine de Highlanders fidèles à la Couronne, il doit son surnom à son célèbre tartan noir. Enfin son pipe band *(fanfare) est également l'un des plus réputés du pays.*

Passer sous le « cut »

Encore un bureau dans lequel ça va chauffer, songea Sweeney à l'instant de frapper en dessous du panonceau « *Commissaire M. Wilkinson* ».

Juste avant d'essuyer l'inéluctable tempête, le jeune inspecteur s'accorda le temps d'une ultime réflexion : *M. ? Quel est le prénom du patron ? Mike, Malcolm, Max… Murray, comme le grand-père Sweeney… Ou si c'était Mickey, comme Mickey Rooney ! Il lui ressemble tellement !* Amusé par cette dernière pensée, Sweeney finit par trouver le courage de s'annoncer.

— 'Trez ! beugla la voix de son supérieur.

En pénétrant dans l'atmosphère déjà électrique de la pièce, le regard de Sweeney fut immédiatement attiré par la position inhabituelle des mains du commissaire. Ses deux larges battoirs, posés bien à plat sur le bureau, ne présageaient rien de bon. Si Wilkinson s'était distingué jusqu'à présent par son côté rasoir, Sweeney sentit qu'il n'allait pas tarder à en découvrir une face beaucoup plus tranchante.

— 'Sseyez-vous… C'est quoi ça ?

— Un club de golf.

— M'en serais douté… D'où est-ce que vous tenez ça, c'est un souvenir peut-être ?

— En quelque sorte. Buddy Nelson me l'a confié le jour de sa mort.

— Mmm… Vous êtes content de vous, inspecteur ?

— …

— Vous partez avec un cadavre, cinq jours plus tard vous en ramenez un second dans vos valises… Des débuts prometteurs !

— Commissaire, j'en ai discuté avec le collègue américain, et…

— M'en fous ! explosa Wilkinson. Vous n'imaginez pas ce que me passe la hiérarchie depuis cinq jours ! Si, en plus, la presse vient à faire le rapprochement entre les deux meurtres, c'est foutu ! *Je* suis foutu, *vous* êtes foutu, tout le service est foutu ! Encore heureux qu'au mois d'août il n'y ait plus que des pigistes endormis dans les salles de rédaction ! Des amateurs quoi, comme vous !

Et Wilkinson écrasa du regard le misérable cloporte roux et barbu qu'il avait pourtant dépêché lui-même en Géorgie.

— Bon évidemment, poursuivit le commissaire, pour vous inspecteur, l'affaire est finie. Rogers et McNeel reprennent le dossier dès jeudi. Votre maudit dictaphone, vous pouvez le ranger je vous garantis !

Sweeney encaissa la nouvelle sans sourciller.

— La dernière chose que je vous demande, avant que je ne vous renvoie vous occuper des crimes d'ivrognes, c'est de me fournir un résumé exploitable de votre désastreuse campagne américaine.

Oralement ! Vous avez cinq minutes inspecteur, je vous écoute ! conclut sèchement Wilkinson.

En dépit de l'injustice manifeste des reproches qui s'abattaient sur lui, Sweeney ne parvenait pas à se départir d'une vision optimiste de la situation. Il était flagrant que son supérieur en faisait des tonnes pour tenter d'impressionner son jeune inspecteur, et que ce rôle de composition ne lui servait qu'à masquer son propre désarroi dans une affaire qui, depuis l'assassinat de Buddy Nelson, devenait de plus en plus explosive. Non, décidément, Sweeney n'arrivait pas à s'imaginer Mickey Rooney dans la peau du méchant…

— Voilà commissaire, débuta timidement l'inspecteur : le meurtre du mari d'Amanda Nelson aux États-Unis nous conduit à échafauder deux hypothèses…

— M'en fiche ! l'arrêta Wilkinson. Tout ça, vous me l'avez déjà raconté au téléphone. Ce que je veux maintenant, c'est un mobile inspecteur. C'est pourtant simple : un scénario plausible, sous-tendu par un *MO-BI-LE* ! insista le commissaire, en détachant les syllabes. Fini le bla-bla, je veux que vous me définissiez un axe d'investigation pour vos successeurs. Vu ? On a dû vous apprendre ça à l'école de police, ou bien vous avez séché les cours ?… Il vous reste quatre minutes.

Wilkinson veut un axe d'investigation ? réfléchit Sweeney. *OK très bien, j'en ai un à lui proposer. Après tout, avec un peu de chance, c'est peut-être le bon.*

L'inspecteur ouvrit alors la bouche pour lui répondre mais, au même moment, rattrapé par son irréductible instinct de limier, la réponse prévue se transforma subitement en une question… Rien à faire.

Comme son chien Berthie, maintenant qu'il avait eu le goût du rat dans la gueule, impossible de lâcher prise !

— Alors ça signifie que je ne passe pas sous le « cut » ?

— Hein ? couina Wilkinson.

— C'est l'expression qu'utilisent les joueurs de golf lorsqu'ils sont éliminés à mi-parcours, lors d'un tournoi. Vous savez commissaire, tant que le dernier coup n'a pas été joué, la partie n'est pas perdue.

— Épargnez-moi vos salades, Sweeney. Ce n'est pas avec ce genre de justification que vous parviendrez à conserver le dossier.

— Permettez-moi d'insister commissaire, mais j'emploie l'expression à dessein. Avant de remporter le dernier Championnat à Augusta, Michael Krantz est passé de justesse sous le cut, au soir du deuxième jour. Il n'empêche que le dimanche, c'est lui qui s'est imposé : et avec six coups d'avance ! Sa gestion du parcours s'est améliorée de jour en jour et, au final, c'est elle qui s'est avérée la plus efficace.

— Je ne vois toujours pas le rapport.

— Commissaire, si vous lancez une nouvelle équipe maintenant sur cette affaire, il s'agira déjà de la troisième en l'espace d'un mois. Il lui faudra tout reprendre à zéro. Et d'ici à ce qu'elle soit dans le rythme, vous aurez peut-être à déplorer une nouvelle victime.

— Qu'est-ce que vous voulez dire ?

— Je veux dire que sans une connaissance approfondie du milieu fermé du golf, et de ses principaux acteurs – en plus, je vous jure que ce sont de sacrés clients – il sera impossible de mener à bien cette enquête. Je suis convaincu que la mort de Buddy Nelson ne signifie pas pour autant la fin du processus qui s'est enclenché avec le meurtre de sa femme, à St Andrews. Vous savez commissaire, les gens que j'ai rencontrés en Géorgie vivent dans un monde à part. Ils naviguent à longueur d'année d'un continent à l'autre, ignorant les frontières et les lois. Les seules règles qu'ils partagent sont celles du golf. Alors, tant que nous n'aurons pas intégré l'ensemble de ces règles, tant que nous ne saurons pas qui les contrôle, on ne parviendra pas à comprendre pourquoi Amanda et Buddy Nelson sont morts. On n'évitera pas non plus qu'un nouveau crime soit commis dans quelques jours en Irlande… Commissaire, laissez-moi passer sous le cut!

Son bref plaidoyer achevé, la barbe rousse se tut, et l'inspecteur attendit le verdict de son supérieur.

Wilkinson décolla soudain les mains de son bureau, puis il les plaqua sur ses cuisses. Sweeney eut le sentiment que son geste traduisait le mouvement décisif qu'amorçait également sa réflexion. Après d'interminables secondes, les yeux du commissaire glissèrent vers le téléphone, à l'angle de la table, comme s'il s'apprêtait à transmettre de nouveaux ordres. Enfin, tout en donnant l'impression qu'il regrettait déjà chacun des mots qu'il allait prononcer, Wilkinson fixa Sweeney:

— Trois jours… Vous aurez un nouveau mandat de trois jours pour l'Irlande… Mais avant de partir Sweeney, je veux que vous sachiez pourquoi je vous envoie: vous partez là-bas pour enfoncer le clou qui dépasse… Tyron père, Tyron fils, qui vous voulez, mais vous ne revenez pas sans m'avoir écrasé ce foutu clou tordu, Sweeney!… Trois jours pour enfoncer le clou qui dépasse, vu?… Maintenant sortez, inspecteur!

Sweeney comprit qu'il n'avait aucun remerciement à adresser à son supérieur. Il bondit sans un mot du fauteuil élimé, s'empressa de refermer la porte avant que le commissaire ne change d'avis, et il ne risqua son premier sourire qu'une fois parvenu dans le couloir.

Décollant alors son club de golf du creux de l'épaule, il prit le temps d'observer la tête biscornue du sand wedge : *Quand même, drôle de marteau pour enfoncer un clou…* et sa barbe radieuse courut annoncer la nouvelle à ses collègues.

*

Les livres et les vêtements sales se disputaient la surface déjà encombrée des meubles en kit. Les abords de l'évier, jonchés pêle-mêle de produits d'entretien et d'aliments périmés, s'étaient pour leur part transformés depuis longtemps en un *no man's land* infréquentable. Le studio de l'inspecteur Sweeney donnait à ses rares visiteurs l'impression de pénétrer à l'intérieur d'un tiroir géant et bouleversé.

Seule la fenêtre d'inspiration victorienne offrait encore au logement coincé à l'angle de George Street l'illusion de pouvoir échapper au désordre. Par l'embrasure large et disciplinée, les tours crénelées du château d'Édimbourg semblaient inviter les flèches des palais voisins à se glisser avec elles sous le ciel bas, puis à franchir les toits des maisons grises. Leur architecture élancée paraissait enfin enjamber la ville, pour s'en aller plonger dans les eaux fraîches du Firth of Forth.

Sweeney avait orienté son canapé-lit vers cette fragile lumière d'Écosse qui, même au cœur de l'été, ne suffisait pas à réchauffer les murs en briques de l'immeuble. De toute façon, avec son maigre traitement d'officier de police, inutile d'espérer trouver un appartement mieux situé ou plus spacieux ; les loyers atteignaient dans la capitale des sommets inaccessibles, même pour les plus zélés des fonctionnaires du pays du chardon.

Lové dans ce capharnaüm comme une chenille dans son cocon, l'inspecteur semblait indifférent à ces considérations. Son attention demeurait absorbée par les mouvements incessants des tableaux qui défilaient sur l'écran de son ordinateur portable. Accolant les colonnes « *Alibis* » ou « *Mobiles* », avec celles situées plus à gauche des « *Témoins/Suspects* », « *Horaires* » et autres « *Lieux* », la barbe rousse, silencieuse, s'évertuait depuis des heures à faire et défaire les combinaisons les plus ingénieuses autour des meurtres d'Amanda et de Buddy Nelson.

Mais, petit à petit, constatant les échecs successifs de ses plus brillantes associations, l'indifférence des nuages traversant la fenêtre finit par lui paraître exaspérante.

Alors tout à coup, le cerveau saturé par de multiples spéculations, l'inspecteur Sweeney sembla trouver enfin la solution à ses vaines cogitations :

— Fais ch… à la fin ! s'écria-t-il, et l'ordinateur s'envola brusquement aux confins du canapé-lit.

Rien à faire, rumina Sweeney. *Dès qu'on les agence correctement, les éléments finissent systématiquement par tendre vers ce p… d'axe d'investigation que me réclame Wilkinson… Et s'il avait raison après tout, l'expérience est de son côté… Mais alors pourquoi est-ce que je ne parviens pas à m'en satisfaire ?*

Est-ce que je me complique la tâche à plaisir, ou bien est-ce que j'ai simplement peur de me tromper ?... Allez, j'appelle tante Midge, ça m'aidera sûrement, et Sweeney sauta sur son téléphone mobile.

— Bonjour tante, c'est Archie.

— Archie! D'où m'appelles-tu? Tu es rentré d'Amérique?

— Oh pardon, tante Midge! Oui, depuis deux jours.

— Tu aurais dû m'appeler plus tôt Archie, je t'attendais. Tu m'avais bien dit que tu viendrais récupérer Berthie à ton retour ?... Ton chien se demande si tu ne l'as pas abandonné. Il va finir par t'en vouloir, tu sais.

— Tu as raison, c'est bien la première fois que je l'oublie aussi longtemps. Mais j'ai encore du nouveau.

— Ah bon ? Tu as trouvé la solution pour tes meurtres ?

— Euh... Non, tante. Pas encore en tout cas. Il va me falloir jouer les prolongations. Je pars en Irlande.

— Comment ? Mais où ça, Archie ?

— Ballybunion, près de Tralee, sur la côte ouest. C'est là que se déroule la prochaine manche du circuit international de golf. Je suis parvenu à convaincre le commissaire. Il m'accorde un mandat supplémentaire de trois jours, du trois au cinq septembre.

— Mais c'est la semaine prochaine !

— Oui tante, c'est pour ça que... Enfin, est-ce que tu veux bien garder Berthie huit jours de plus ?

— Évidemment. Mais est-ce que tu ne m'avais pas dit que tes collègues devaient te remplacer le mois prochain ?

— Si, mais pas avant mon retour d'Irlande dorénavant. J'ai eu de la chance... Wilkinson m'a incendié à cause de l'assassinat de Buddy Nelson, mais j'ai finalement persuadé le patron que j'étais le mieux placé pour déboucher dans cette affaire. Sa décision m'a fait plaisir. En revanche…

— Oui, qu'y a-t-il Archie ?

— Ce qui m'inquiète le plus tante Midge, c'est que je n'arrête pas de déclencher la fureur de la plupart des gens que je rencontre. Des colères décoiffantes, je t'assure. Je ne sais ni pourquoi ni comment, mais ça démarre à tous les coups. Je t'avoue que je finis par m'interroger.

— Mais c'est parce que tu es entier Archie, voilà tout. Tu as toujours été comme ça… Rappelle-toi quand tu as fait remarquer à Mister Coleman, le boulanger, qu'il s'arrangeait toujours pour ne te rendre qu'une partie de la monnaie du pain, ou quand tu as démontré à ton professeur, le vieux Wallace, qu'il attribuait les meilleures notes à Diana Springs, même lorsque vous échangiez vos copies.

— J'avais dix ans à cette époque-là, tante !… Depuis j'ai…

— Oui peut-être, coupa-t-elle son neveu, mais tu sais, le caractère, on n'en change pas comme ça.

— Bon allez tante, je ne veux pas t'embêter plus longtemps, mais il…

— Tu ne m'embêtes jamais, Archie. Et ton enquête sinon, ça avance ?

— Bah… J'ai l'impression d'avoir trouvé quelque chose.

— Et c'est tout l'effet que ça te fait ?

— C'est que ça paraît tellement logique, tante Midge… Trop logique… Tu sais bien, ça ne se passe jamais tout à fait comme ça dans la réalité… Et puis il est toujours envisageable que l'on ait affaire non pas à un, mais à deux meurtriers. Impossible de l'exclure définitivement… Je peux t'en parler ?

— Tu as l'habitude Archie, je garde toujours tout pour moi.

— Oui, je sais… Le père de Will Tyron, Tyron Senior, tu te souviens ?

— Le grand frisé qui t'a envoyé balader alors qu'il n'avait même pas d'alibi pour St Andrews ?

— Exactement… J'ai beau retourner les scénarios plausibles dans tous les sens, j'y reviens toujours. Tout semble tourner autour de lui.

— Et alors, il te fait peur ce bonhomme ? Tu crains le bruit que ça ferait dans la presse si tu le faisais arrêter ?

— Non, pas vraiment. Je dispose de chefs d'inculpation solides.

— Mais alors quoi, Archie ?

— Eh bien… C'est que je ne le « sens » pas.

— Dis donc mon garçon, pour un inspecteur, ça ne fait pas très sérieux.

— Et c'est toi qui me dis ça, tante Midge ? En général, tu m'incites plutôt à faire confiance à mon intuition.

— C'est vrai Archie, mais si tu as des doutes, je trouve ça assez rassurant dans un sens… Tu disposes d'encore un peu de temps d'ici septembre, non ? Alors continue consciencieusement ton enquête, accumule méthodiquement les éléments comme tu sais le faire. Ensuite, lorsque tu auras fini, quand tu auras assimilé toutes les informations nécessaires, tu pourras laisser parler ta sensibilité. Et tu en as, je le sais.

— Si tu le dis tante Midge, c'est encore toi qui me connais le mieux.

— Tout ira bien Archie, ne t'inquiète pas… Au fait, je suis allée fleurir la stèle de tes parents à Crathes Castle, il y a trois jours. C'est le révérend Davis qui a eu la gentillesse de me conduire. Il faudra que l'on pense à nettoyer la pierre, ça fait bien deux ans que ça n'a pas été fait.

— Merci tante, je m'étais fait la même réflexion en passant au début du mois… Bon, je te laisse ? J'ai encore du rangement chez moi.

— Ah pour ça, tu peux le dire mon garçon !

— Ne te moque pas de moi, tante… Je t'appellerai d'Irlande la semaine prochaine. Fais un gros câlin à cette saucisse de Berthie. Dis-lui que je serai de retour dans huit jours… Je vous embrasse, bonsoir tante Midge. À bientôt !

Ne tournez pas le dos à l'inspecteur

Les rayons du jour naissant glissaient sur les collines du comté de Kerry. Attiré par la lumière, le vent puissant de l'Atlantique s'engouffrait en sifflant dans le Mouth of Shannon, projetant le bleu de l'océan jusqu'au cœur de l'Irlande.

Mélancolique, l'inspecteur Sweeney déambulait sur les dunes, fouettant les herbes folles de la pointe de son sand wedge.

Sweeney s'interrogeait. D'où pouvait bien provenir cette étrange nostalgie qui retenait son âme prisonnière des vallons en herbe ? Pourquoi ne pouvait-il s'empêcher de succomber à la caresse pénétrante du souffle marin ?... Les lutins de la lande lui avaient-ils jeté quelque maléfice ? Subissait-il les charmes des philtres envoûtants distillés par les paysages de la verte Erin ?

En réalité, seul face à la mer, l'inspecteur désespérait de son enquête.

Débarqué la veille à Tralee, il avait aussitôt gagné le bureau de l'inspecteur O'Leary, son homologue irlandais. Les gars du comté de Kerry avaient fait du bon boulot. Dès que les joueurs professionnels du *PGA Tour* étaient arrivés en Irlande, les policiers locaux s'étaient empressés d'aller leur poser les questions souhaitées par Sweeney. Mais en vain.

Penchant patiemment son collier de barbe au-dessus de chacun des procès-verbaux que lui soumettait O'Leary, Sweeney n'y avait découvert que la stricte reproduction des informations qu'il possédait déjà. L'enquête tournait en rond. Les alibis et les déclarations des témoins paraissaient gravés dans le marbre. Pas une virgule que l'inspecteur n'eût pu prévoir ou dicter lui-même.

Dire qu'il ne disposait que de trois jours, et toutes ces heures passées à disséquer les dépositions recueillies par la police de Tralee ne lui avaient rien appris ! O'Leary semblait désolé. Une première journée déjà perdue…

À l'horizon, le soleil avait à présent délaissé ses draps de verdure pour mieux s'élever sur la lande. Le samedi commençait, et avec lui la troisième journée du tournoi de Ballybunion.

Désabusé, ne sachant plus sur quel maudit fil tirer pour démêler l'écheveau des meurtres d'Amanda et de Buddy Nelson, Sweeney avait finalement décidé d'adoucir son vague à l'âme en allant assister, pour la première fois, à une journée de compétition. Après tout, c'était tout ce qu'il lui restait pour essayer de tromper son appétit de limier frustré.

L'inspecteur avait très mal dormi la nuit précédente. En partie à cause du vent de nord-ouest qui n'avait pas cessé de gifler les fenêtres de sa chambre d'hôtel, mais plus encore en raison des doutes qui le taraudaient : *Demander aux Irlandais de coffrer Tyron Senior ? Bien sûr que l'on pourrait, ça me permettrait au moins de ne pas revenir les mains vides et de contenter Wilkinson… Mais ensuite ? Le père Tyron n'a commis aucun délit dans ce pays, et puis sous quel angle aborder une personnalité comme la sienne ? Ce type est un véritable roc… Enfin comment réussir à gérer l'inévitable pression des médias lorsqu'ils apprendront la nouvelle ?… Décidément, plus j'y pense et moins je le « sens »…* De rage, Sweeney faucha une nouvelle touffe d'herbes innocentes. *Le plus agaçant, c'est encore cette impression de calme et d'immobilité… Comme si le cirque du golf mondial pouvait semer les cadavres dans son sillage en toute impunité… Et pourtant, ce matin, je jurerais qu'il flotte dans l'air comme une espèce d'électricité…* Alors, sous la caresse prometteuse du vent d'aval, Sweeney sentit tous les poils de sa barbe se redresser d'envie et d'impatience. *Bon, je vais quand même aller suivre un parcours… Ce n'est pas que ça m'intéresse beaucoup mais, dans l'immédiat, je ne vois pas ce que je pourrais faire de plus.*

Poursuivant son chemin le long des dunes, l'inspecteur Sweeney se laissa guider par le bruit régulier du ressac, ainsi que les murmures du vent, jusqu'au site enchanteur du *Ballybunion Golf Club*.

*

— *Great Scott !* pesta Sweeney. Tout à coup, son pied venait de se prendre dans l'un des innombrables câbles de télévision qui jonchaient le terrain.

Emporté par son élan, l'inspecteur sentit le haut de son corps basculer vers l'avant et sa barbe se rapprocher à toute allure des mottes de terre grasse sur le sol. Mais au dernier moment, surgie de nulle part, une main ferme lui empoigna l'épaule. Son intervention inespérée permit à Sweeney de se rétablir, lui épargnant du même coup la disgrâce et le ridicule d'une chute.

— Attention inspecteur ! Vous auriez pu vous faire mal, le rassura la voix de son sauveur. À peine redressé, Sweeney identifia le sourire sous la casquette : Matthew Johnson !

— Merci, monsieur Johnson. Je vous dois une fière chandelle. Sans vous, je me retrouvais les quatre fers en l'air. Ces maudits câbles de télévision ! Il y en a partout.

— Rien de cassé au moins, inspecteur ?... Bon, je vous laisse. Nous démarrons dans moins de dix minutes avec...

Mais avant que Matthew Johnson n'ait eu le temps de finir sa phrase, Sweeney sursauta. Le nom qu'il déchiffrait à présent, en lettres bleues sur la chasuble du caddie, lui paraissait irréel...

— Pardon, mais... vous travaillez de nouveau pour Robby Elster ?

— Ah oui, c'est vrai ! Vous n'êtes pas au courant ? Robby m'a contacté il y a huit jours. Quel pied ! Je savais bien qu'il ne pourrait pas se passer de moi plus longtemps. *Adios* Valhermoso ! Et fini les cachetons.

Mais les traits radieux du jeune Irlandais s'assombrirent aussitôt :

— Quand j'y pense, sans la mort de Buddy... marmonna-t-il, la visière inclinée au-dessus de ses chaussures à crampons.

Matthew Johnson se dépêcha de reprendre ses esprits. Il s'empara de la main droite de Sweeney et la lui secoua vigoureusement :

— Allez inspecteur, il faut vraiment que j'y aille. Robby va se demander où je suis passé. Ce serait dommage de le rendre nerveux alors qu'il a retrouvé son swing des plus beaux jours.

— Ah bon ? Comment ça ?

— Vous n'avez pas suivi le tournoi ?

— Non, je ne suis arrivé qu'hier. Vous savez, moi le golf...

— Mais ce serait un crime de louper ça ! Robby est en tête depuis hier soir. À égalité avec Tyron Junior. Aujourd'hui, nous disputons la première partie contre Will. Plus d'un an que ça n'était pas arrivé. Il va y avoir un monde fou !... Dites inspecteur, si ça vous tente, venez donc suivre le parcours : spectacle et suspense garantis. Will et Robby vont se tirer la bourre comme au bon vieux temps.

— Parce qu'on peut vous suivre tout au long de la journée ?

— Bien sûr. Vous n'aurez qu'à accompagner la foule. Vous n'avez jamais vu de compétition ?

— Non, jamais.

— Eh bien, pour une première vous ne serez pas déçu. Les deux meilleurs joueurs du monde se livrant *un mano a mano* sur le parcours de golf le plus difficile qu'on puisse imaginer, pas mal non ? Allez, à tout à l'heure inspecteur.

— Euh... D'accord monsieur Johnson. J'y serai, et bonne...

Sweeney cessa d'agiter sa maudite barbe rousse, et il renfonça au plus vite ses encouragements dans le fond de sa gorge. La dernière fois qu'il en avait gratifié Buddy Nelson, le caddie s'était retrouvé le soir même replié comme une vulgaire poupée de chiffon dans le creux d'une buse fétide.

— Eh bien… D'accord, se contenta de répéter bêtement Sweeney, agitant cette fois la tête de son sand wedge en guise de salut.

Soulagé d'avoir rattrapé sa maladresse, le policier observa le caddie s'éloigner en direction de l'aire de départ. Puis, la silhouette athlétique de Johnson aussitôt disparue, Sweeney sentit ses neurones se mettre à danser la gigue : *Mince ! Les gars de Tralee avaient oublié de me la signaler celle-là… Alors comme ça, Matthew Johnson est redevenu le caddie d'Elster… En voilà un joli mobile pour tuer Buddy ! Surtout quand on songe que, même si Johnson disposait d'un alibi à Augusta, Robby Elster aurait eu pour sa part tout le temps de filer jusqu'au trou n° 13 pour y fracasser le crâne de Nelson… Alors, deux meurtriers et deux mobiles distincts ? Buddy tue sa femme en Écosse, puis on tue Buddy pour prendre sa place ?* Sweeney leva les yeux vers le ciel, contemplant les nuages qui progressaient au-dessus de l'océan pour venir rafraîchir les terres ensoleillées d'Irlande. *Mais supposons un instant que le duo Johnson-Elster soit aussi responsable de la mort d'Amanda… Quelle raison auraient-ils eu de vouloir l'assassiner ? Aucune a priori… Et puis si Elster souhaitait se débarrasser de son caddie, il aurait été plus simple de résilier son contrat d'un coup de crayon plutôt que d'un coup de fer 7 !*

Sweeney émit alors un profond soupir. Fixant d'un air perplexe les câbles de télévision qui, par hasard, venaient de le jeter dans les bras de Johnson, l'inspecteur ressentit soudain la lassitude de ses sempiternelles et vaines spéculations : *Je ne m'en sors pas... Qu'il y ait un meurtrier ou deux, un mobile ou deux, tout ça demeure inextricable... À chaque fois, au bout du compte, quelque chose cloche. Il me manque comme une sorte de clé... J'ai tous les éléments sous les yeux, tous sont là devant moi, méthodiquement, logiquement alignés, et pourtant, je ne vois rien... Tante Midge a raison, il est temps que j'oublie la logique pour laisser parler ma sensibilité.*

Au même instant, l'air marin lui déposa sous les narines l'odeur d'un irrésistible café frais. *OK, c'est bon. Une tasse de café et puis j'irai suivre la partie entre Elster et Tyron Junior. Je me disais bien aussi que cette journée était trop calme pour que ça dure...* conclut-il. Alors, le bras raidi par le manche de son sand wedge, Sweeney reprit sa marche avec la même distinction qu'un officier de Sa Majesté paradant à Buckingham.

*

Matthew Johnson n'avait pas menti. Quelle foule ! Des centaines d'hommes, de femmes, de jeunes ou de vieux, se massaient au départ du trou n°1. Tout le sud de l'Irlande semblait s'être donné rendez-vous pour assister au match de l'année entre les deux meilleurs joueurs de golf du monde.

Sagement alignés derrière des barrières couvertes de banderoles publicitaires, les spectateurs formaient comme un large fer à cheval, compact et silencieux. Au centre de leurs attentions : quatre hommes. Sweeney reconnut Elster et Tyron Junior, que les plis parfaits de leurs pantalons à pinces grandissaient encore, accompagnés par leurs caddies Matthew Johnson et Jack Powell.

Les deux duos devisaient sereinement en arrière des plots de départ, paraissant jauger la force du vent, la souplesse du terrain, ou bien peut-être se racontaient-ils la dernière blague irlandaise. En tout cas, ils n'attendaient plus que le signal du juge pour débuter leur partie.

Perchées sur d'inquiétants promontoires métalliques, les caméras de télévision ne perdaient pas une miette de cette ambiance à la sérénité trompeuse. Sous les sourires glamour des deux champions, Sweeney devinait l'intolérable pression que les joueurs s'efforçaient de masquer. *De vrais professionnels,* estima l'inspecteur. *Ils ont véritablement des nerfs d'acier. Une performance digne des meilleurs comédiens...*

Brusquement, Sweeney eut la désagréable sensation d'être observé. En une fraction de seconde, son regard balaya les rangées de spectateurs et, finalement, s'immobilisa dans un angle des barrières publicitaires. Bien calé au premier rang, dominant de toute sa robuste carrure la foule environnante, Tyron Senior et sa moustache d'envahisseur barbare fixaient l'inspecteur. Ses yeux vifs traduisaient une envie si manifeste de lui scalper la barbe, que Sweeney ne put s'empêcher de frémir. *Eh bien*, plaisanta-t-il pour se rassurer, *il faudrait penser à bâtir un nouveau mur d'Hadrien pour protéger l'Écosse d'un tel sauvage! Brrr...* Puis l'inspecteur détourna le regard.

Un officiel en costume vert fit enfin signe aux joueurs que la partie précédente s'était éloignée. On allait pouvoir commencer. Instantanément, Robby Elster effaça l'expression détendue sur son visage, puis il se tourna vers Matthew Johnson. Après lui avoir adressé quelques mots, il s'empara de l'immense club de golf que lui tendait son caddie. Puis il s'avança sur l'aire de départ. La foule se tut. Le fracas lointain des vagues demeura le dernier bruit perceptible.

Elster se pencha et déposa minutieusement sa balle sur un ridicule clou de plastique rouge. Avant de frapper, il répéta son geste à trois ou quatre reprises, déchirant l'air si violemment que Sweeney ne put s'empêcher de souffrir avec lui. Puis le joueur s'approcha de son emplacement. Tout d'abord, il laissa descendre calmement sa ligne d'épaules, mais soudain, avec une vitesse foudroyante, son corps s'enroula sur lui-même, accélérant aux limites du possible la vitesse de rotation de son club. Et, avant même que le mouvement n'ait été capté par la conscience de Sweeney, l'inspecteur ressentit l'envol fulgurant de la balle, puis sa disparition instantanée dans l'horizon verdoyant du fairway.

Après deux secondes de stupeur absolue, la clameur des applaudissements tira Sweeney de son hébétude. Les « Hoo!... » et les « Aaah... » qui commençaient à fleurir autour de lui, semblaient indiquer que Robby Elster venait d'entamer sa troisième journée de compétition à la perfection. De nouveau souriant et détendu, le numéro deux mondial regagna la zone d'attente et il remit à Matthew Johnson son performant outil de travail.

Mais à peine la foule avait-elle eu le temps de savourer cet instant, qu'elle faisait à nouveau silence. Tyron Jr s'avançait à son tour.

Le rival d'Elster franchit tranquillement les quelques yards qui le séparaient du départ. Lorsque

Tyron Jr posa la balle sur son support, Sweeney fut tout à coup surpris de constater que le joueur… lui tournait le dos!

Sans quitter la scène des yeux, l'inspecteur agrippa la première manche qui lui tomba sous les doigts:

— Hé, dites! Mais qu'est-ce qu'il fait? Il va envoyer la balle de l'autre côté s'il joue comme ça!

— Chut!… lui fournit pour toute réponse son imperturbable voisin.

Moins de trois secondes plus tard, Tyron Jr s'était à son tour acquitté de sa première frappe, et il recueillait de la part du public les mêmes témoignages de satisfaction que Robby Elster avant lui.

Soudain, Sweeney se rendit compte qu'il n'avait toujours pas relâché la manche de son voisin. Confus, il rendit sa liberté au bras inconnu et remarqua alors seulement qu'il appartenait à un vieil Irlandais: sous une casquette de tweed épais, deux rouflaquettes impeccablement taillées encadraient un visage distingué. Le complet du vieil homme, assorti au tissu de sa casquette, semblait raconter une vie passée à gérer dignement la terre. Enfin, une surprenante paire de bottes en caoutchouc ne parvenait pas à gâcher la rigueur de cette silhouette, à travers laquelle s'exprimaient les plus nobles traditions.

Sans se départir d'un flegme méritoire, tant les doigts crispés de Sweeney s'étaient montrés insistants, le *gentleman farmer* entraîna l'importun roux et barbu à quelques pas du flot des spectateurs:

— Dites jeune homme, vous apprendrez que l'on ne parle pas lorsqu'un joueur est à l'adresse! le rabroua froidement le vieux connaisseur.

— Je suis désolé monsieur, se défendit l'Écossais, c'est la première fois que j'assiste à une partie… Euh, c'est quoi l'adresse ?

— Mais c'est la position prise par le joueur juste avant la frappe. Vous ne le saviez pas ?

— Hem… Non. Je n'y connais rien.

— J'aurais cru, avec votre sand wedge sur l'épaule…

— Ah, ça ? C'est un cadeau, je ne saurais même pas m'en servir convenablement.

— Bien, vous permettez maintenant ? Je vais y aller, les joueurs partent pour leur second coup. Je ne voudrais pas manquer ça.

— Un instant, s'il vous plaît. Est-ce que vous pouvez m'expliquer pourquoi Tyron Jr nous a tourné le dos avant de frapper ?

— Mais il ne nous a pas tourné le dos, c'est simplement qu'il est gaucher. Il joue par conséquent du côté opposé à la balle, avec des clubs dont le shaft est inversé.

— Redites-moi ça ! s'enflamma Sweeney.

— Regardez, finit par s'agacer son interlocuteur devant une telle méconnaissance des savoirs golfiques les plus élémentaires… Votre sand wedge par exemple, c'est un club de droitier. Pour jouer, vous devez vous placer du côté droit de la balle. La tête de votre club se trouve donc située sur le rebord gauche du shaft. Vous comprenez ?

Pour faciliter ses explications, le vieil homme plaça sous le nez de Sweeney son club marqué d'un S. Avant de poursuivre :

— Vous voyez ? Pour un gaucher, c'est exactement l'inverse.

— Hein, com… Comment? bafouilla l'inspecteur.

— Je vous disais que…

— Oui oui, j'avais bien compris, le coupa la barbe rousse, et son regard partit se perdre dans la direction opposée à celle prise par les joueurs et le public.

Estimant alors que son jeune interlocuteur venait de franchir les limites du savoir-vivre communément admises de ce côté-ci du Connemara, l'Irlandais préféra planter là cet indécrottable Béotien dont il avait par malheur croisé le chemin.

Pour sa part, l'esprit de Sweeney avait déjà déserté le parcours de Ballybunion. Il se repassait en boucle les croquis du docteur McInchree, ainsi que les radios transmises depuis Augusta par le docteur Bride… Dans les deux cas, les impacts des têtes de clubs, ainsi que ceux des manches, étaient demeurés visibles sur les os et dans la chair des victimes. Il se souvenait parfaitement qu'Amanda Nelson avait été frappée de dos, et son mari Buddy de face. Cependant, il lui était impossible de se rappeler la forme exacte des traces laissées par les armes des deux crimes.

Et puis soudain, l'illumination : *Great Scott! Mais j'ai tout en mémoire sur mon portable. Ce sera un jeu d'enfant de vérifier si j'ai affaire à des droitiers ou à des gauchers. Après ça, je n'aurai plus qu'à éliminer de façon certaine une bonne partie de mes suspects… Surtout si les marques correspondent à celles d'un gaucher! Croisons les doigts…* Le sand wedge coincé sous l'aisselle, Sweeney partit au sprint vers son hôtel. Étrangement, une sorte de pressentiment lui parcourait déjà tout le dos…

Moins de dix minutes plus tard, la réceptionniste de l'hôtel sursauta en voyant surgir dans le hall une barbe rousse haletante, encombrée d'un surprenant club de golf. Sans un regard pour l'ascenseur, l'occupant de la 207 se précipita dans l'escalier. Sweeney repoussa plus qu'il ne l'ouvrit la lourde porte agglomérée de sa chambre. Puis il arracha fiévreusement son ordinateur de sa sacoche de transport, consuma ce qu'il lui restait de patience en attendant de pouvoir accéder à ses fichiers, et il fit enfin apparaître les croquis du légiste de Dundee d'un « clic » nerveux.

Fébrile, Sweeney scruta chaque détail, le compara scrupuleusement avec la tête de son sand wedge, mima dans l'air quelques mouvements de swing pour s'assurer de ses constatations, puis il laissa échapper un premier et bruyant : « *Shit* ! »

Les doigts de plus en plus tremblants, l'inspecteur rechercha cette fois les radios du crâne de Buddy Nelson, puis les scruta, compara, mima, et maudit de nouveau sa précieuse, mais si tardive découverte :

— *Shit* ! *Shit* !... Encore un gaucher !

*

Au risque de se rompre le cou, Sweeney descendit quatre à quatre l'escalier de l'hôtel, son sand wedge dans une main, dans l'autre une disquette d'ordinateur. Médusée, la réceptionniste vit à nouveau surgir devant elle la barbe rousse surexcitée.

— Mademoiselle ! Une imprimante ! Vous devez bien avoir une imprimante ?

— Bien sûr, monsieur. Euh... Là, dans le petit bureau à gauche, confessa la jeune femme, espérant ainsi calmer un client beaucoup trop agité pour le standing d'un quatre étoiles.

— Merci ! lui lança l'inspecteur, et il disparut dans la pièce indiquée.

Sans même prendre le temps de s'asseoir, Sweeney engouffra sa disquette dans la colonne de l'ordinateur, puis en maltraita la souris jusqu'à ce que l'imprimante aspirât une première feuille. Tapotant nerveusement sur le rebord de la table, il attendit que la machine lui délivrât enfin les deux feuillets sur lesquels apparaissait la liste complète des personnes présentes lors des deux meurtres, à St Andrews et Augusta.

Arrachant le document avant même que l'appareil n'ait eu le temps de cracher son ultime jet d'encre, Sweeney jaillit du bureau en courant et il pointa son collier de barbe devant une réceptionniste de plus en plus inquiète :

— Mademoiselle !... Euh... Non rien, merci ! conclut-il aussitôt.

Sweeney venait d'aviser devant l'entrée de l'hôtel un gaillard à casquette et chasuble orange : « *Un caddie !* » se réjouit l'inspecteur et, au grand soulagement de l'hôtesse, la barbe enflammée se précipita au-dehors, sand wedge, disquette et feuillets à la main.

Un dingue ! se persuada la jeune femme.

— Monsieur ! Monsieur, s'il vous plaît ! brailla Sweeney à l'intention du caddie.

L'homme vit se jeter sur lui une tornade rousse aux joues empourprées.

— Monsieur, pouvez-vous me dire quels sont les gauchers sur cette liste ? sollicita l'inspecteur et il lui plaça sous le nez deux feuilles à l'encre encore fraîche.

Surpris, le caddie ne songea même pas à protester et il s'exécuta. Son index commença à défiler lentement le long des colonnes.

— Attendez… Non, non… Les caddies, ça vous intéresse aussi ?

— Oui ! Oui, vous avez raison… D'accord.

— Bon, je reprends. De toute façon, ça devrait aller assez vite. Dans le golf international, on trouve assez peu de gauchers. Bizarre, hein ? Mais c'est comme ça. Alors, non… non… Tiens, celui-là : Olsson.

— Oui, qui est-ce ?

— Un joueur, un Suédois. Il ne marche plus très fort depuis deux saisons. Sans les wild cards, je crois qu'il ne serait déjà plus sur le circuit. La PGA doit l'avoir à la bonne… Non… non, non… Ah bon, il y a une deuxième feuille ?

— Oui, cinq ou six noms seulement.

— Bon… Non, non, et non. Voilà, c'est tout ! annonça le sourire satisfait du caddie.

Déçu, et doutant des capacités de son interlocuteur à le renseigner, Sweeney risqua :

— Et Tyron Junior ?

— Ah oui, évidemment ! Mais je pensais que vous le saviez. Tout le monde sait que le numéro un mondial est gaucher.

— Non. Pas moi.

— Vraiment ? Tyron Jr est même le premier gaucher de toute l'histoire du golf à être leader du classement mondial. Ça n'était jamais arrivé. C'est pour cette raison que tout le monde le sait.

— OK, et son père ? Tyron Senior ?

— Qu'est-ce que ça peut vous faire ?

— Son père ! insista Sweeney. Il est gaucher lui aussi ?

— Non. Droitier. D'ailleurs, ça doit être la seule chose qu'il n'ait pas réussi à transmettre à son fils.

— Je vois. Je vous remercie monsieur, et… et

bonne fin de tournoi !

L'inspecteur récupéra ses feuillets et décampa.

Horrifiée, la jeune réceptionniste assista au retour précipité du client surchauffé sur le rebord de son comptoir.

— Votre téléphone ! Je peux ? l'interrogea Sweeney, et il s'empara sans attendre du luxueux combiné blanc.

— Mais monsieur…

— Police ! C'est urgent mademoiselle, se justifia l'excité.

— Allô ! Passez-moi l'inspecteur O'Leary… De la part de l'inspecteur Sweeney. Dites-lui que j'appelle du *Ballybunion Golf Club*. Oui, j'attends… O'Leary ? C'est Sweeney ! J'ai trouvé, c'est un gaucher… Si si, les deux meurtres, aucun doute possible. Les marques des clubs sur les tempes… Non, pas tant que ça, un seul suspect… Non, pas lui… Non, non, ça aurait pu, mais ce n'est pas lui. Plus haut… Si si, je vous assure, plus haut encore… Bingo ! Will Tyron Junior… Ça vous surprend, hein ? Je dois avouer que j'ai encore du mal à réaliser moi-même. Ceci dit, il faudra qu'on en reparle, mais il a forcément bénéficié de complicités… Oui, on verra à ce moment-là… Bon, nous sommes d'accord ? On procède comme on l'avait envisagé ensemble ?… Ça marche… Vous venez à combien ?… OK, ça me paraît suffisant. Pas de sirènes, hein ? Il faut que l'on soit extrêmement discrets, à cause de la télévision… Oui, bien sûr… De toute façon, je doute qu'il fasse la moindre difficulté, l'effet de surprise… On se donne rendez-vous à l'arrivée, sur le dix-huitième trou ?… D'accord, on attendra tranquillement qu'il ait fini son parcours. On le suit, et puis on le coince à l'écart du public et des journalistes… Oui, lui tout seul pour l'instant… Merci inspecteur. À tout à l'heure !

Et Sweeney raccrocha sous les yeux écarquillés de la réceptionniste.

— Vous voulez arrêter Will Tyron Jr ?

— Attention mademoiselle ! Secret absolu. Vous n'avez rien entendu. S'il se produit la moindre fuite, je vous garantis que je vous…

— Oh non, d'accord ! Faites-moi confiance, je ne dirai rien.

— Je ne vous le conseille pas, il s'agit d'une affaire criminelle… Et merci encore !

Puis l'inspecteur s'éloigna du guichet, adressant à l'hôtesse un sourire débordant de barbe rousse.

Mais au même moment, cueilli par une brusque chute d'adrénaline, Sweeney se sentit brutalement incapable de faire un pas de plus. Livide, il alla s'avachir, épuisé, dans le confort mollasson du canapé du hall.

Surpris par cette brusque fatigue, mais aussi conscient de l'inévitable énergie qu'allait encore lui demander l'arrestation imminente de Tyron Jr, l'inspecteur réfléchit et il se résolut à s'accorder une courte pause.

Profitant du silence feutré de l'hôtel, l'Écossais laissa ses pensées courir librement : *Alors, comme ça, c'était lui ?… Le petit salaud, en plus il m'a pris de haut… C'est curieux, je n'ai pourtant jamais ressenti la moindre hésitation dans ses déclarations. Mais bon, au départ du trou n° 1, j'ai constaté moi-même qu'il savait parfaitement se maîtriser… Le petit salaud quand même ! Amanda a dû venir le relancer à St Andrews. Peut-être qu'elle était vraiment amoureuse de lui… Mais alors, son alibi : Jack Powell a menti ? Possible, Will avait largement les moyens d'acheter son silence. Complicité de meurtre, Jack. Tant pis pour toi… Et Buddy ? Probablement que Buddy avait deviné ce qu'il s'était passé. Quel idiot, il aurait mieux fait de m'en parler. Il serait encore en vie aujourd'hui. À Augusta, il est sûrement allé rechercher Will sur le parcours, pour lui demander des comptes. Il lui est tombé dessus alors qu'il était en compagnie de son père, et l'affaire aura mal tourné. Pauvre Buddy !… Mais dans ce cas-là, c'est le père cette fois qui a menti. Ça pourrait expliquer le regard qu'il m'a lancé tout à l'heure… C'est Wilkinson qui va être content. Voyons, est-ce que j'ai le temps de l'appeler pour lui annoncer la bonne nouvelle ?*

Sweeney consulta sa montre : *Bon, dix minutes pour courir jusqu'au golf, cinq minutes ensuite pour rejoindre O'Leary sur le 18 et… Great Scott ! Quinze minutes ! Mais les gars de Tralee seront arrivés avant moi !*

Alors, comme piqué par une colonie de mouches irlandaises, l'inspecteur bondit à travers le hall ; il manqua de fracasser le battant de la porte automatique, tourna à droite, se ravisa, et partit finalement vers la gauche, barbe au vent et canne sous le bras.

Un dingue ! jugea de nouveau la réceptionniste éberluée. *Et en plus, un dingue qui ne ressemble à rien !…*

Quand les balles tombent

— O'Leary ! s'exclama la barbe rousse essoufflée.

— Doucement Sweeney, tout va bien, le rassura l'inspecteur irlandais, les yeux moqueurs.

— J'ai bien cru arriver trop tard, haleta l'Écossais, alors qu'il atteignait les abords du dix-huitième trou.

— Il s'en est fallu de peu. La partie d'Elster et de Tyron Jr est sur le point de se terminer. Regardez, on aperçoit les deux joueurs là-bas sur le fairway, à cent cinquante yards à peine. Leurs balles sont déjà sur le green. Deux jolis coups ma foi !

— Effectivement, il était temps… Le dispositif est en place ?

— Les voitures sont stationnées à l'écart du club house. Je n'ai pris que des hommes en civil, pour ne pas éveiller l'attention. Dès que Tyron Jr aura fini de signer les autographes, on le coincera, et puis on l'embarquera discrètement par-derrière.

Puis O'Leary ajouta :

— Dites Sweeney, vous êtes sûr de votre coup au moins ? Parce que si jamais…

— O'Leary, que risquez-vous de pire qu'une affectation dans le comté de Kerry ? lui sourit l'inspecteur écossais.

— Eh bien… Un poste au ministère, je crois ! s'esclaffa l'Irlandais… Vous avez raison Sweeney, aucune raison de se laisser intimider par la notoriété du client. N'empêche, dès que la presse saura…

— Bien au contraire O'Leary, les journalistes seront ravis. Rendez-vous compte, nous leur offrons une manchette exceptionnelle : « *Will Tyron Junior arrêté pour le meurtre des époux Nelson !* ». C'est du pain béni pour eux. Et puis nous contribuerons par la même occasion à la célébrité du golf de Ballybunion, vous ne croyez pas ?

— Oui, d'une certaine manière. Mais je vous avoue que je serai soulagé lorsque nous aurons enfin mis l'oiseau en cage, et que toute cette affaire sera terminée.

— Moi aussi, concéda Sweeney.

O'Leary changea de conversation :

— Les voilà qui s'approchent du green. Regardez-moi ça, c'est une véritable marée humaine tout autour d'eux. Ils sont des centaines… La rivalité entre Elster et Tyron Jr suscite toujours autant de passion. Si ces gens pouvaient se douter que c'est la dernière fois qu'ils voient s'affronter les deux meilleurs joueurs du monde…

— Dites O'Leary, est-ce que vous avez repéré le grand sur la droite ? le coupa Sweeney.

— Oui, Tyron Senior.

— Il faudra veiller à l'isoler lors de l'interpellation de son fils. S'il est dans les parages à ce moment-là, l'ancien est capable de nous donner du fil à retordre.

— Pas de problème, je vais prévenir mes gars.

— Tenez, juste à côté de lui, vous le reconnaissez ?

— Le général Boyle, le grand patron de la PGA ? C'est le seul témoin que nous n'ayons pas réussi à auditionner depuis qu'il est arrivé en Irlande.

— Ça ne me surprend pas, toujours aussi débordé le *big boss*… Lui aussi risque de monter dangereusement en pression tout à l'heure. Nous ne donnerons le feu vert à l'équipe d'intervention que lorsque le général aura réintégré ses bureaux. S'il apprend trop tôt que Tyron Junior est l'assassin de sa fille et de son gendre, je le crois capable de vouloir se faire justice lui-même.

— Vous pensez vraiment ?

— Je l'ai déjà vu en colère aux États-Unis. Je vous garantis que dans ces cas-là, il ne fait pas bon traîner dans les parages… Voilà les joueurs, s'interrompit Sweeney.

Encadrés par leurs caddies, Elster et Tyron Jr abordèrent d'un pas lent le green du dix-huitième et dernier trou. Derrière eux, la foule se scinda en deux et se répartit de part et d'autre du gazon ras. Le public longea religieusement l'olive verte piquée d'un fanion, puis il se reforma tout autour, en un cercle à la ferveur quasi mystique. Elster et Tyron Jr se séparèrent alors, et chacun partit s'incliner d'un air recueilli au-dessus de sa propre balle.

La situation paraissait plus favorable à Elster. Sa balle blanche n'était plus séparée du trou que par un yard à peine.

— Une formalité pour un joueur de ce niveau, commenta O'Leary en amateur.

Pour sa part, Tyron Jr devait encore franchir une bonne quinzaine de yards sur un green tourmenté à souhait. La mine contrite, ce dernier fit signe à Elster qu'il avait encore besoin de réfléchir. Il offrit alors à son rival l'opportunité de jouer le premier. Acceptant le geste généreux de son adversaire, Robby Elster s'avança.

O'Leary se pencha à l'oreille de Sweeney :

— J'espère qu'Elster ne va pas trembler.

— Pourquoi ça ? l'interrogea l'Écossais.

— J'ai suivi la partie à la radio avant de venir. Ils se sont rendu coup pour coup tout au long de la journée. Un vrai combat de Titans. Regardez l'ardoisier, là-bas derrière. Après trois jours de compétition, ils sont toujours à égalité. Si Elster rentre son putt, et que Tyron Jr rate le sien, Elster basculera ce soir en tête avec un coup d'avance. Avant d'entamer la dernière journée, ce serait pour lui un avantage psychologique décisif sur Tyron Junior.

— Sauf que demain, il n'aura plus besoin de ça pour le battre, lui fit remarquer Sweeney.

O'Leary dévisagea soudain l'inspecteur d'une mine dépitée. L'Écossais venait de le tirer d'un délicieux rêve éveillé.

Mais l'Irlandais voulait profiter encore un peu de ce rêve. Il chuchota :

— Attention ! Elster va jouer, ça va rentrer sans problème.

Dans un silence de cathédrale, la foule observa la petite balle blanche prendre la trajectoire la plus directe vers le centre du trou, pour… s'arrêter brusquement ! Et demeurer en équilibre sur le rebord ! Un « Haaa… » de stupeur gronda de toutes parts. Même l'océan voisin parut s'immobiliser pendant un instant.

— Ce n'est pas possible ! gémit O'Leary. Elster est maudit. Jamais il ne battra Tyron Jr !

Alors, malgré sa déception, Robby Elster se pencha lentement, fier et digne, et il remplaça sa balle par un *coin*[2] minuscule.

Puis, la tête basse, le joueur s'éloigna sans un mot, afin de ne pas perturber la concentration de son adversaire.

Sweeney ne put s'empêcher de l'admirer : *C'est ce que les golfeurs appellent le sens de l'étiquette. Elster le possède, sans aucun doute,* constata l'inspecteur.

Pris par le suspense, O'Leary poursuivit son commentaire :

— À Tyron Jr de jouer. C'est son tour d'avoir la pression. S'il rentre son putt, c'est lui cette fois qui basculera avec un coup d'avance. Mais c'est loin d'être gagné, sa balle se trouve à plus de quinze yards du trou. Avec ce green bosselé et ce vent…

Tout à coup, l'Irlandais sentit s'appesantir sur lui le regard navré de son collègue.

— Ah oui, c'est vrai, j'oubliais. Ça ne sert plus à rien… Mais quel dommage. On aurait pu assister à une partie splendide demain.

— Je dois avouer que je commençais moi aussi à me prendre au jeu. C'est regrettable. Souhaitons au moins à Tyron Jr de réussir un joli dernier coup de golf.

— Vous allez voir, reprit O'Leary avec enthousiasme. Tyron Junior est impressionnant sur un green. Au putting, le moindre mouvement parasite peut avoir une incidence désastreuse sur la trajectoire de votre balle : une respiration mal maîtrisée,

---

2. Pièce de monnaie.

un mouvement de tête involontaire, votre regard qui suit le coup par réflexe, et tout est fichu. Surtout à quinze yards. Mais Tyron, lui, tant que sa balle n'est pas définitivement rentrée, il ne bouge pas. Il attend, aussi immobile qu'une statue. Il attend, patiemment... On dirait un mort, je vous assure. Ce n'est qu'en entendant sa balle rouler au fond du trou qu'il paraît ressusciter. Et ça semble incroyable, mais Tyron Jr est si fort qu'il l'entend presque toujours tomber... Attention, c'est parti !...

*

La balle de Tyron Jr filait déjà. Les yeux de Sweeney étaient rivés sur sa course sautillante. Les centaines de spectateurs fixaient également la glissade de la petite balle blanche sur l'herbe rase. Derrière leur téléviseur, des millions de regards devaient suivre, eux aussi hypnotisés, le parcours indécis de la bille de plastique sur un lointain gazon irlandais...

Dix yards encore. La balle roulait, tranquillement, épousant les courbes du green et cherchant la route mystérieuse qu'avait tracée pour elle Tyron Jr...

Huit yards à présent. La balle roulait toujours. Sweeney observait chaque rotation de son axe imparfait. Se jouant du relief, elle semblait habitée par une volonté propre, comme si elle était impatiente de se précipiter au fond du trou...

Plus que cinq yards. La balle n'en finissait plus de rouler. Trois yards seulement, l'instant fatidique approchait. Deux yards, non ! Elle allait passer trop à droite... Un yard, les derniers pouces de gazon...

Était-il possible que cet ultime virage suffise pour qu'elle… Le bruit ! Le bruit libérateur ! Le plongeon mortel de la balle ! Oui !

Une clameur jaillit de la foule. Les cris partirent saluer le ciel, puis ils retombèrent en vagues sonores sur l'océan. Un putt de quinze yards ! Tyron Jr avait réussi. Sweeney se sentit emporté par la ferveur collective et ne put retenir un « Yeaah ! » de pure jubilation. Ses bras se dressèrent, laissant son sand wedge décrire des cercles menaçants pour le crâne de ses plus proches voisins.

Sweeney avait succombé au charme magnétique de la balle blanche. Il s'était enivré de ce nectar que seuls les grands joueurs savent distiller.

À peine remis de son extase, le collier de barbe rousse songea qu'il lui fallait remercier l'auteur de cet intense moment de bonheur. Pour l'applaudir, il se tourna vers Tyron Jr…

… Et là, une vision foudroyante !… Le silence faucha d'un coup les cris de la foule. La stupéfaction figea les caméras.

Will Tyron Jr gisait, les bras repliés sous le corps, la tête baignant dans une flaque d'un liquide si rouge qu'il en injuriait le vert parfait du gazon. Couverte par les vivats, une seconde balle venait de tomber sur le green…

Instantanément, un bruit diffus parcourut la foule. Tyron Senior s'élança, franchissant le premier le rideau des spectateurs. Le général Boyle s'avança à son tour, cherchant au plus vite à protéger le joueur inanimé. Robby Elster, Powell et Johnson vinrent à sa rescousse, aussitôt rejoints par les infirmiers du service de sécurité. Les hommes vêtus d'une croix rouge s'agenouillèrent précipitamment au chevet de la victime, hurlant des consignes incompréhensibles dans l'effervescence générale. Ils repoussèrent sans ménagement les épaules recroquevillées de Tyron Senior. Sous leurs soins empressés, le crâne ensanglanté du joueur disparut aux yeux de la foule hébétée.

Au terme d'une scène qui n'avait pas duré plus de dix secondes, O'Leary et Sweeney se dévisagèrent, consternés. Puis Sweeney s'écria tout à coup :

— Olsson !

— Quoi Olsson ? répéta O'Leary. C'est quoi ça : Olsson ?

— Appelez vos gars, O'Leary ! Envoyez-les tout de suite au bureau de l'organisation. Il faut savoir où est logé Sven Olsson !

— Mais qu'est-ce que vous racontez, Sweeney ? Vous...

— Magnez-vous O'Leary ! Je vous expliquerai plus tard.

— Non, attendez...

— Mais vous allez envoyer vos gars, je vous dis ! C'est Olsson l'assassin. C'est lui qui vient de tirer, j'en suis sûr ! Dès qu'on saura où se trouve sa chambre, on filera le coincer de toute urgence. Il faut absolument l'empêcher de se débarrasser de son arme. On fouillera aussi sa voiture, s'il en a une... En se dépêchant, on peut l'avoir. Il ne s'attend certainement pas à ce qu'on lui tombe dessus aussi vite.

— Et Tyron Junior alors ?

— Il y a suffisamment de monde pour s'occuper de lui, vous ne trouvez pas ? J'espère seulement que le tireur ne l'a pas eu… Olsson possède une courte avance sur nous. Assez perdu de temps comme ça ! Rameutez votre équipe O'Leary, et en vitesse !

Les deux inspecteurs fendirent la foule abasourdie, puis ils se ruèrent au coude à coude en direction du club house.

Dans leur dos, le soleil d'Irlande entamait déjà sa descente au-dessus du bleu imperturbable de l'Atlantique…

*

Vingt-deux heures trente. Sweeney arpentait depuis des heures les couloirs blafards du commissariat de Tralee. Seule la lumière d'un néon paresseux lui tenait encore compagnie.

Soudain, l'inspecteur O'Leary surgit enfin de la salle d'interrogatoire. Brûlant de connaître les résultats de sa confrontation avec Sven Olsson, l'Écossais se précipita vers lui :

— Alors, qu'est-ce qu'il a dit ?

— Pas évident, le client…

— C'est-à-dire ?

— Tout d'abord, il reconnaît avoir tiré. C'est déjà ça… À partir du moment où la tentative d'homicide…

— *L'homicide*, rectifia aussitôt Sweeney. Tyron Jr est mort avant d'arriver à l'hôpital. Je l'ai appris peu de temps après que vous avez commencé à le cuisiner.

— Il fallait s'y attendre, commenta sobrement O'Leary.

— Dites, il aurait du mal à faire autrement que de reconnaître les faits, s'emporta Sweeney. Avec ce qu'on a trouvé sur lui !

— Oui, évidemment. Mais pour ça au moins, Olsson ne fait aucune difficulté. Le fusil AK47, la lunette, les munitions, il confirme les avoir dissimulés dans son sac de golf. Il m'a expliqué que dès son arrivée en Irlande, il avait recherché une arme de précision sur internet. Quand il a déniché ce qu'il lui fallait, il est parti pour Dublin et s'est procuré le matériel chez un amateur d'armes de guerre… Rien de plus facile.

— Bien sûr… Avouez qu'on a eu de la chance de lui mettre la main dessus aussi vite. Heureusement que l'un de vos gars s'intéresse au golf et qu'il a reconnu Olsson.

— Oui, c'est Jeffreys. Il a aperçu Olsson en déboulant au club house et il lui a passé les menottes avant même que l'autre n'ait eu le temps de dire « ouf ». Puis Jeffreys a tout de suite trouvé le fusil caché au milieu des clubs de golf… Olsson vient de me raconter qu'il voulait profiter de la pagaille ambiante pour s'éclipser discrètement, et puis quitter l'enceinte du tournoi… Vous aviez vu juste, Sweeney. Chapeau !

— Oh non, rougit modestement la barbe rousse. C'était une simple déduction. De la pure logique ; rien de plus, je vous assure, se défendit l'Écossais.

Sweeney préféra changer de sujet :

— Tenez, O'Leary. Pendant que vous discutiez avec notre ami suédois, vos services n'ont pas chômé. Regardez.

Le jeune inspecteur déplia sous le nez de l'Irlandais la copie d'un fax à l'encre imparfaite :

— Il s'agit des toutes premières constatations de la balistique, commenta l'Écossais. Lisez : fenêtre d'éjection positionnée à gauche, preuve qu'Olsson s'est bien servi du fusil en gaucher. Canon de l'AK47 encore chaud. Ensuite une seule balle manquante dans le chargeur : la douille a été retrouvée au fond du sac de golf du Suédois. Enfin, présence de poudre confirmée sur la main et la joue gauches d'Olsson. Avec les aveux qu'il vient de vous faire, l'oiseau est cuit !

— En effet, confirma O'Leary. De toute façon, il a aussitôt reconnu avoir tiré depuis le premier étage du club house… Sa partie s'achevait une heure avant celle d'Elster et de Tyron Jr. Il est alors allé chercher l'arme à son hôtel, l'a dissimulée dans son sac, et il s'est enfermé dans les toilettes. D'après lui, le dernier cabinet possède une fenêtre qui donne sur l'extérieur. On ira vérifier… Il a basculé la vitre, et puis il a tiré.

— C'est bien vu, ne put s'empêcher d'apprécier Sweeney. À ce moment-là, tout le monde était sorti pour assister à la fin du tournoi. Ensuite, j'imagine qu'il a attendu et profité du bruit des applaudissements pour tirer.

— Exactement. Personne n'a rien entendu. En plus, l'immobilité légendaire de Tyron Jr au putting lui a rendu service. À moins de cent yards, et avec une lunette, autant essayer de rater un éléphant dans le couloir d'un train.

— Vous pouvez le dire ! La balle a traversé la nuque de Tyron Jr de part en part, il n'avait aucune chance… Et est-ce que Olsson vous a dit ce qu'il comptait faire de son arme par la suite ?

— Oui, il avait repéré un bois, entre Tralee et la côte. Une fois sorti du terrain de Ballybunion, il aurait repris sa voiture de location et serait allé enterrer l'AK47. D'ici à ce qu'on la retrouve... Et puis qui l'aurait soupçonné? Sans vous Sweeney, je crois que jamais nous n'aurions mis la main sur le meurtrier.

— Hem... Merci, inspecteur.

Mais Sweeney revint à l'essentiel:

— Sinon, je parierais qu'Olsson ne vous a toujours pas indiqué son mobile?

— Gagné. Rien à faire... Dès que j'ai abordé le sujet, il s'est refermé comme une huître. Je lui ai parlé de jalousie sportive vis-à-vis du numéro un mondial, de folie passagère, ou bien d'un contrat dont il aurait été chargé pour abattre Tyron. À ce moment-là, je lui ai précisé qu'on avait déjà vérifié ses comptes, qu'on n'y avait pas trouvé trace d'un virement suspect ces derniers mois. Je lui ai aussi demandé s'il avait reçu de l'argent liquide, et qui pouvait être le commanditaire s'il n'avait pas agi de son propre chef... Il n'a pas bronché. Il a croisé les bras et m'a répondu qu'il attendait son avocat. Dans l'immédiat, on n'en tirera rien de plus.

— Mmoui, tu parles... Un assassinat prémédité sans mobile? Je ne sais pas ce qui me retient! s'agita la barbe rousse, et son regard impuissant fixa rageusement la porte derrière laquelle Sven Olsson patientait.

— Calmez-vous Sweeney, ça ne sert à rien. Et puis on tient le meurtrier. La situation pourrait être pire, non?

— Si on veut, mais ça ne vaut que pour le meurtre qu'il vient de commettre. Parce que pour les deux premiers... Vous lui avez parlé des assassinats d'Amanda et de Buddy Nelson?

— Évidemment.

— Et alors ?

— Olsson nie tout en bloc. Qu'espériez-vous d'autre ?

— *Great Scott!* pesta Sweeney. Je suis sûr qu'il est l'auteur des trois crimes.

— Encore faut-il le prouver… C'était prévisible, inspecteur. Et vous vous doutez bien que dès qu'il aura vu son avocat, il y a peu de chances pour qu'il nous chante une autre chanson. Il plaidera coupable pour Tyron Junior, parce qu'il ne peut pas faire autrement, mais pour les Nelson, il faut vous faire une raison. Sans aveux et sans preuves… Le fait qu'il soit gaucher et qu'il ait été présent à St Andrews et à Augusta, ne suffit pas pour l'inculper.

— Je sais, maugréa l'Écossais.

— Allez, ne vous inquiétez pas Sweeney. Vous avez déjà fait du bon boulot, tenta de le réconforter O'Leary. Et puis nous n'avons pas encore dit notre dernier mot. On va commencer par le laisser mijoter, d'accord ? Une fois l'avocat parti, je vais le laisser entre quatre murs, sans rien avaler. Les gars de mon équipe vont se relayer toute la nuit et le travailler jusqu'au matin. Pas de problème pour les motiver, ils sont tous remontés comme des pendules.

— Au fait, l'alerta Sweeney, ils ne sont pas les seuls. Les journalistes ont déserté le golf de Ballybunion dès qu'ils ont su que l'on avait interpellé Sven Olsson. Ils nous attendent devant l'entrée du commissariat. J'ai observé qu'ils n'avaient pas cessé de faire des petits : ils sont au moins une bonne centaine à présent dans la rue.

— Eh bien ! Moi qui ne suis jamais passé à la télévision, pour une première ! plaisanta O'Leary.

— Euh… Oui, mais qu'est-ce qu'on va leur dire à tous ces excités ?

— Mais rien Sweeney, rien du tout. La hiérarchie doit leur avoir préparé un communiqué officiel. Dans ces cas-là, il y a toujours un collègue chargé de la communication. Pas de souci. Quand ils seront fatigués de nous attendre, ils feront comme nous, ils iront se coucher… Bon ! Je vais laisser mon équipe entrer en action pour la nuit, conclut l'Irlandais. Quand le client sera à point, on reviendra l'entreprendre à l'aube, tous les deux cette fois. Cinq heures du matin, ça vous ira Sweeney ?

— Ah ? Euh… D'accord, O'Leary. On marche comme ça. Mais il va falloir penser à dormir un peu d'ici là, non ?

— Justement, c'est ce qu'on va s'empresser d'aller faire.

Puis l'Irlandais reprit :

— Vous verrez Sweeney, ce sera parfait à l'aube. À ce moment-là, même les plus coriaces finissent par lâcher du lest. Je ne sais pas pourquoi, ça doit être biologique, ou un truc comme ça… Enfin je n'en sais rien, mais ça fonctionne à tous les coups… Allez, il finira bien par décongeler le Suédois.

— Mmm… bourdonna le menton songeur de l'Écossais.

O'Leary se résolut à empoigner son collègue par le bras et il l'entraîna jusque dans l'arrière-cour du commissariat de police. Il le fit embarquer dans une voiture banalisée et, peu après, le véhicule conduit par O'Leary s'enfonçait dans une nuit irlandaise battue par les vents.

*

L'obscurité était totale. Guidé par le ressac, Sweeney longeait la côte. À chaque nouvelle vague, les coups de boutoir de l'océan semblaient vouloir submerger la terre. Cependant, impassible, l'Irlande repoussait sans une plainte les assauts rageurs de l'Atlantique.

Great Scott! C'est encore pire que lors des parties de pêche sur le Firth of Forth, apprécia l'Écossais en expert des colères maritimes. *Je comprends mieux pourquoi il n'y a que des moutons et des golfeurs dans ce fichu pays! Quel vent!*

... À peine l'inspecteur O'Leary avait-il déposé Sweeney devant son hôtel que celui-ci s'était rendu compte qu'il était bien trop excité pour espérer s'endormir. Le jeune homme avait préféré monter dans sa chambre; il s'y était aussitôt emparé du sand wedge de Buddy Nelson, puis il était ressorti, canne sur l'épaule, pour marcher et tenter de se calmer enfin.

Mais les éléments déchaînés n'invitaient guère à la détente. Apercevant les lumières du club house de Ballybunion, luisant comme un phare face à la mer nocturne, l'inspecteur se ravisa. Puisque son esprit surchauffé ne parvenait pas à s'apaiser, et qu'il ne cessait de repenser aux événements de la journée, autant filer jusqu'au bar. Sweeney y prendrait un dernier verre et, qui sait, peut-être irait-il même jeter un coup d'œil à ce premier étage d'où Sven Olsson avait tiré...

... En approchant des fenêtres éclairées du club house, le marcheur de la côte constata que le rez-de-chaussée s'était transformé en une vaste salle de presse improvisée. Le meurtre de Will Tyron Jr avait fait de Ballybunion le nouveau « hot spot » des médias internationaux. En dépit de l'heure tardive, des dizaines de journalistes continuaient de s'y affairer, se disputant les rares espaces encore disponibles. D'autres s'étaient endormis à même le sol ou, pour les plus chanceux, sur des fauteuils beiges, larges et moelleux.

La promiscuité, contribuant à mêler les câbles des caméras, les fils des ordinateurs, ou ceux des téléphones satellitaires, finissait de mettre à vif les nerfs des reporters angoissés par ce direct imminent au cours duquel il leur faudrait masquer leur cruel manque d'information. Au premier étage, contrastant avec cette agitation, le bureau du général Boyle brillait d'une lueur studieuse et solitaire.

Sweeney pénétra à l'intérieur du bâtiment. D'un seul coup, l'effervescence des journalistes courant en tous sens lui parut plus assourdissante encore que les rafales de l'Atlantique. Slalomant dans l'agitation de cette véritable tour de Babel, l'inspecteur atteignit avec peine l'escalier principal. Il décida de commencer par aller s'imprégner de l'endroit choisi par le meurtrier pour commettre son crime. Mais, au moment de gagner l'étage, son regard fut brusquement attiré par une silhouette massive sur sa droite: Tyron Senior! Sweeney s'arrêta net.

Accoudé à l'extrémité du bar, le père du joueur assassiné était méconnaissable. Son épaisse chevelure frisée pendait lamentablement, comme si elle venait de subir un terrible orage. Ses épaules paraissaient brisées par le deuil, ne devant leur salut qu'à la fermeté bienveillante du comptoir. Enfin sa large moustache, d'habitude si fière et si sauvage, gisait à présent repliée sur ses joues, flapie, suspendue sur les rebords amers d'une pinte de bière brune.

Sweeney s'approcha du géant effondré :

— Bonsoir, monsieur Tyron. Je tenais à vous présenter mes condoléances.

— Ah, c'est vous ? Vous n'êtes pas précisément la personne avec laquelle j'avais le plus envie de parler ce soir, soupira Tyron Senior. Et il avala une profonde gorgée de bière.

— Excusez-moi, je voulais juste vous faire part de…

— C'est bon, restez. Vous buvez quelque chose ?

— Euh… Un Ardbeg. Un tourbé de l'île d'Islay ! commanda l'Écossais.

Avant de poursuivre :

— Je me doute de ce que vous ressentez. J'ai eu moi-même deux de mes proches assassinés.

Mais Tyron Senior n'écoutait pas. Il marmonna :

— C'est bien que vous l'ayez arrêté aussi vite.

— Oh… Euh… Oui. Mais nous aurions préféré…

— Vous voulez que je vous dise quelque chose ? le coupa le colosse abattu.

— Oui… Enfin… Ça dépend monsieur Tyron. S'il s'agit des événements d'aujourd'hui…

Mais Tyron Senior ne prêtait aucune attention aux propos de l'inspecteur. Il poursuivit son monologue :

— Je vais vous dire où j'étais, le jour où Amanda Nelson a été tuée. Ça n'a plus la moindre importance maintenant.

— Ah ? Euh… D'accord ! s'exclama Sweeney.

Il s'empressa de caler son sand wedge entre ses genoux, puis il déclencha discrètement la bande de son dictaphone.

— J'ai préféré vous dire que j'étais parti me balader cet après-midi-là, commença Tyron Senior.

Mais c'était faux. En réalité, je me suis rendu au Royal Troon, sur le parcours où devait se dérouler le *British Open* deux jours plus tard. Je suis allé reconnaître incognito plusieurs trous au profit de Will. Avec des lunettes noires et une casquette, ça passe très bien… Évidemment, c'est formellement interdit par les règlements, mais comme mon fils ne pouvait pas se permettre de rater cette compétition, j'ai pris le risque… Si je vous avais révélé mon véritable emploi du temps, Will aurait été disqualifié. Sans parler du scandale que ça aurait fait dans les médias. Alors j'étais bien obligé de vous mentir, vous comprenez ?

— Oui, je crois. C'est bien que vous me fassiez cet aveu, apprécia Sweeney. C'est important.

— Oh non, soupira le colosse. Ce soir, plus rien n'a d'importance. Tout est fini… et Tyron Senior vida d'un trait le fond de sa bière.

Avant de commander aussitôt la suivante.

— Vous vous rendez compte ? reprit-il. Je n'ai même pas pu parler à mon fils, il n'a pas repris connaissance. Il est mort dans l'ambulance…

— Hem… Monsieur Tyron, savez-vous au moins pourquoi Sven Olsson a tiré sur votre fils ? Vous le connaissiez ?

— Non, même pas. Cet enfant de salaud était l'un des joueurs les plus faibles du circuit. Will n'a jamais disputé la moindre partie contre lui. Est-ce qu'il était jaloux de la réussite de mon fils, est-ce qu'il est tombé dingue ? Je ne sais pas, mais en tout cas, si j'avais pu deviner qu'un jour ce…

— Monsieur Tyron, intervint Sweeney, Olsson n'a rien avoué jusqu'à présent. Cependant une chose est sûre, ce gars n'est pas dingue. Il a agi froidement, de façon préméditée, et il y a fort à parier qu'il aura également beaucoup de choses à nous apprendre sur les meurtres d'Amanda et de Buddy Nelson.

— Quoi ? Vous croyez ? Mais pour quelles raisons les aurait-il assassinés eux aussi ? Ça ne tient pas debout. C'est un dingue, je vous dis. Il a tiré au hasard. Ou peut-être qu'il voulait simplement faire parler de lui. Vous vous rappelez, comme Lee Harvey Oswald à Dallas... Je ne sais pas ce qui me retient d'aller buter ce fils de...

— Monsieur Tyron, se précipita de nouveau Sweeney. Ça ne réglerait rien. Et je pense que vous comme moi, nous cherchons avant tout à connaître la vérité. Je me trompe ?

— Non... C'est vrai, vous avez raison.

— Alors justement : promettez-moi de me communiquer toute information qui permettrait de découvrir le mobile d'Olsson, OK ?

— D'accord, je verrai ce que je peux faire. Je vais réfléchir.

— Merci. Sinon, savez-vous si la femme de Will est là ce soir ?

— Samantha ? Non, elle est restée à l'hôpital près de son mari. Elle voulait s'assurer qu'aucun paparazzi ne viendrait photographier son corps. Déjà que la télévision a tout filmé en direct... C'est une chouette fille Samantha, vous savez.

— Ah bon ? Je croyais que vos relations avec elle n'étaient pas au beau fixe.

— Oui, mais c'est de ma faute... Quand je pense à tout ce qu'elle a enduré à cause de moi. Je voulais tellement que Will soit le meilleur... J'espère qu'elle me le pardonnera un jour. En tout cas, je vous assure que c'est une chouette fille, répéta Tyron Senior.

Sweeney vida son verre de whisky. En guise d'au revoir, il posa sa main sur l'épaule affaissée du géant, éteignit son dictaphone, puis il retourna affronter la cohue des journalistes.

Aussitôt bousculé par des reporters débordés, Sweeney ne put s'empêcher de sourire. Si ces derniers avaient pu se douter qu'ils venaient d'ignorer l'homme le plus à même de les renseigner sur l'affaire qui les préoccupait tant… Nul doute qu'ils auraient alors accordé bien plus d'attention à cette silhouette dégingandée agrémentée d'une ridicule barbe rousse ébouriffée par le vent.

L'Écossais se dirigea de nouveau vers l'escalier du club house. Achevant l'ascension du premier étage, il aperçut alors, en plein milieu du couloir, le général Boyle interviewé par une équipe de télévision américaine.

Mince! râla Sweeney. *C'est l'heure de grande écoute aux États-Unis. Mieux vaut ne pas traîner dans les parages.* L'inspecteur fit alors faire demi-tour à son sand wedge et il modifia ses projets : *Bon, en attendant que la voie soit libre, je crois que je vais aller donner un coup de fil à tante Midge. Ça m'aidera à prendre du recul. J'ai besoin de prendre mes distances par rapport à tout ça.*

Quittant la confusion du club house, Sweeney replongea d'un coup dans la fraîcheur du souffle atlantique.

Brrr!… Bon, mon portable… J'espère que tante Midge n'est pas encore couchée…

— Allô tante ? C'est…

— Archie ! Mon dieu, comme j'étais inquiète. J'espérais que tu finirais par m'appeler.

— Ah bon ? Tu es au courant ?

— Tu plaisantes mon garçon ? Depuis hier soir, la télévision ne parle plus que de cela. Mon pauvre Archie, dans quelle histoire est-ce que tu t'es embarqué ?

— Ça ira, tante. On est en train de cuisiner le gars qui a tiré.

— La télé dit que c'est un Suédois qui a fait ça, un joueur jaloux de Tyron Junior.

— Oh tu sais, comme ils n'ont aucune information sérieuse, les médias racontent n'importe quoi… Ceci dit, je t'avoue qu'en réalité, nous n'avons pas grand-chose non plus.

— Mais vous avez bien arrêté le coupable quand même ?

— Oui. Il s'appelle Sven Olsson. Il a reconnu avoir tiré sur Tyron Jr. Le problème, c'est qu'il n'en dit pas plus pour l'instant. Il aurait agi sans mobile apparent. Cependant le type n'est pas fou, c'est une évidence… Je ne pourrai l'interroger personnellement que demain matin, avec mon collègue O'Leary. Son équipe d'enquêteurs est en train de le fatiguer ; j'espère que le client sera à point lorsqu'on viendra l'entreprendre à l'aube… Sinon, ce qui me gêne également, c'est qu'Olsson nie toute implication dans les deux premiers meurtres, ceux du couple Nelson.

— Parce que tu penses que c'est lui ?

— Oui, tante. Simple déduction. Avec Tyron Jr, Olsson était le seul gaucher sur ma liste.

— Je ne comprends pas, Archie.

— Ah oui, excuse-moi tante Midge. Ce serait un

peu long à t'expliquer. Je t'en dirai plus à mon retour.

— Quand tu seras là Archie, si tu veux, tu pourras passer deux ou trois jours à la maison, pour te reposer.

— Merci tante, mais j'ai bien peur que le commissaire Wilkinson ne m'en laisse pas le temps. Quand je l'ai eu tout à l'heure au téléphone, il était au bord de la crise de nerfs. Si je ne reviens pas en Écosse avec la preuve qu'Olsson est le meurtrier d'Amanda Nelson, il ne me confiera plus comme enquête que les vols de moutons dans les Highlands !

— Allons, Archie ! On ne peut pas te faire ça tout de même.

— Oh, tu sais…

— Au fait ! Je sais que ce n'est pas le moment de t'embêter avec ça, mais c'est dommage que tu ne puisses pas rester quelques jours à Aberdeen, lorsque tu viendras chercher Berthie.

— Pourquoi ?

— La femme du révérend Davis donne une soirée de charité mardi prochain. Elle avait pensé à toi. Je lui avais dit que tu passerais peut-être, et elle t'avait invité.

— Tante ! Tu sais bien que j'ai horreur des sauteries de la femme du révérend.

— Archie !

— Tu m'y as toujours traîné de force ! Alors en ce moment…

— Mais Archie, j'ai trouvé que c'était gentil de sa part de m'avoir donné un carton à ton nom. Alors, qu'est-ce que je lui réponds ?

— … Comment ça tante Midge ? Qu'est-ce que tu as dit ?…

— Rien, Archie. Je t'ai demandé…

— Si ! Qu'est-ce que tu viens de dire, tante ? Répète !

— Euh… qu'elle était gentille de m'avoir donné un carton d'invitation pour toi. C'est ça ?

— *Great Scott !* Ça y est ! Je sais !

— Tu sais quoi, Archie ? Tu m'inquiètes, mon garçon.

— J'ai trouvé, tante Midge ! Merci tante, j'ai trouvé ! Je sais pourquoi Olsson a tué Tyron Junior, et les Nelson avant ça !… Enfin… je crois savoir.

— Très bien Archie, tant mieux. Mais dis-moi maintenant, ton carton, qu'est-ce que j'en fais ?

Eagle !

Cinq heures venaient de s'afficher à l'horloge du commissariat de Tralee. Le visage de l'inspecteur O'Leary semblait marqué par la fatigue. Le nez plongé dans une tasse de café, il suivait le compte rendu, fait par ses enquêteurs, de leur nuit passée à cuisiner Sven Olsson. Mais le « *Sniper du Golf* », comme le surnommait déjà la presse du matin, s'était retranché derrière un mutisme inébranlable. La situation semblait désespérément bloquée.

Au même instant, débarquée par une voiture de service, la barbe enfiévrée de Sweeney surgit dans le cercle assoupi des policiers irlandais :

— Inspecteur ! J'ai trouvé ! Je connais le mobile de Sven Olsson !

O'Leary émergea subitement de sa torpeur.

— Quoi ? Qu'est-ce que vous dites, Sweeney ? Mais vous ne savez même pas comment s'est passée la nuit, grogna l'Irlandais.

— Ah ? Euh… Oui, pardon, c'est vrai… Alors ? se reprit le bouillant Écossais.

— Justement. Nous étions en train de faire le point avec mon équipe. Nous vous écouterons plus tard... Jeffreys, vous disiez ?

— Euh... Oui, voilà : après que l'avocat est reparti vers minuit, on s'est relayés toutes les vingt minutes avec Brooks et Thomas. Je vous assure patron, on ne lui a même pas laissé le temps d'aller pisser au Suédois. À tour de rôle, on l'a travaillé sous toutes les coutures, et tous les bons vieux trucs y sont passés – c'est Brooks qui faisait le méchant, et avec Thomas on jouait les gentils – mais Olsson a tenu le coup. Au bout d'un moment, Brooks a même fini par aller se coucher... Toute la nuit, Olsson s'est contenté de répéter au mot près les éléments qu'il vous avait déjà fournis hier soir, inspecteur. Et dès qu'on essayait de l'emmener sur un autre terrain, il regardait ailleurs, ou il se taisait. Rien à faire, il est vigilant, et intelligent aussi. Et puis ses yeux...

— Quoi ses yeux ?

— Moi, il me fait peur. Pas vous ?... En plus, il semble résister physiquement. Depuis qu'il est arrivé, on ne lui a rien donné à boire ou à manger. L'avocat a râlé pour la forme, mais Olsson lui-même n'a rien réclamé... En fait, je pense qu'il attend maintenant patiemment le retour de son défenseur. Il devrait être là vers huit heures.

— Qui est-ce ?

— Maître Kelly.

— Pas de chance ! C'est le moins mauvais du comté de Kerry, râla O'Leary.

— Oui, rappelez-vous inspecteur. C'est lui qui a fait acquitter Bill Ringer. Quand je pense au mal qu'on s'était donné pour le coincer celui-là... Enfin, si d'ici son retour on n'a rien tiré d'Olsson, j'ai bien peur que ce ne soit fichu… Voilà, je crois que c'est tout pour la nuit, inspecteur.

— Merci Jeffreys, vous avez bien bossé. Mais ce salopard est coriace… Bien, ça nous laisse environ trois heures encore avant que ce cher maître Kelly ne vienne s'émouvoir du traitement inhumain que nous avons infligé à son pauvre client ! Vous verrez Sweeney, c'est la première chose que les avocats font quand ils débarquent le matin. Ça leur donne le beau rôle, et ça les met en confiance. Trois heures, j'espère que ça suffira pour…

— Hem hem… fit alors entendre Sweeney en se raclant la gorge, manifestant ainsi son impatience de pouvoir prendre enfin la parole.

— Oui c'est bon, on va y aller inspecteur ! s'agaça O'Leary.

— Non, ce n'est pas ça. C'est… C'est que j'aimerais pouvoir l'interroger seul, osa soudain réclamer l'impertinente barbe rousse.

Le trio d'Irlandais le dévisagea d'un air hébété.

— Je suis sûr de moi O'Leary, insista Sweeney. Je parviendrai à le faire avouer, je sais pourquoi il a fait ça !

— Écoutez inspecteur, réagit son collègue avant de reposer son café. Je vous remercie de nous avoir mis aussi vite sur la piste d'Olsson, mais il s'agit dorénavant d'une affaire exclusivement irlandaise. Ici, vous n'êtes en aucun cas habilité à mener un interrogatoire. Par conséquent, je veux bien vous accepter à mes côtés lorsque je retournerai le cuisiner, votre aide peut être précieuse, cependant…

— Ça ne marchera pas, O'Leary ! Il vous connaît déjà. Vous l'avez questionné pendant plus de deux heures hier soir, et vos gars se sont relayés toute la nuit. Il s'est habitué à vous. Même fatigué, il ne lâchera plus rien. Moi en revanche, il ne m'a toujours pas rencontré. L'effet de surprise peut jouer. En outre, je pense avoir percé les raisons de son geste… C'est risqué, je sais, mais c'est peut-être notre seule chance. Laissez-moi essayer, O'Leary… Si dans une heure, ça n'a rien donné, je ressortirai, et vous pourrez reprendre l'interrogatoire comme bon vous semble. Mais je sais que je peux y arriver…

Puis l'Écossais se tut.

Les yeux noirs de Sweeney brillaient d'une lueur étrange. Indécis, Jeffreys et Thomas se retournèrent vers O'Leary. L'Irlandais observa longuement son collègue d'Édimbourg. *Il ne ressemble à rien ce mangeur de haggis,* se dit-il. *On jurerait qu'il s'est glissé dans ses draps tout habillé… Et puis cette barbe rousse, non vraiment… Une heure ? On peut tenter le coup, qu'est-ce que j'ai à perdre ?… Au pire, il me restera toujours deux heures devant moi pour accoucher l'autre salopard… Oh, et puis ça va bien !* abrégea tout à coup l'Irlandais. *Je suis crevé, moi. Après tout, j'en profiterais bien pour reprendre une bonne tasse de café…*

— OK Sweeney. Vous pouvez y aller. L'agent de faction restera dans la pièce avec vous, on ne sait jamais. Je vous accorde ce que nous appellerons un « entretien » avec Olsson.

— Merci.

— Et puis nous sommes bien d'accord, inspecteur ? Il ne s'agit pas d'un interrogatoire, mais d'une simple « discussion » avec l'inculpé, discussion que je prends sous ma responsabilité.

— Encore merci.

— Une heure, Sweeney. À six heures du matin, dernier délai, vous ressortez de cette pièce. Entendu ?

— C'est clair, merci inspecteur, répondit Sweeney, la mine déjà concentrée.

Avant de demander aussitôt :

— Au fait Jeffreys, vous avez bien dit qu'il n'avait rien pris depuis hier soir ?

— Absolument, certifia l'enquêteur.

— Je peux avoir deux mugs de café ? lui réclama alors le collier de barbe rousse.

Quelques instants plus tard, les mains rivées à deux tasses d'un liquide aussi bouillant que lui, Sweeney pénétrait dans la salle d'interrogatoire.

*

Sven Olsson était assis derrière une étroite table rectangulaire. Ses deux bras croisés ressemblaient à deux racines noueuses, profondément enracinées contre sa poitrine. Curieusement, on l'avait autorisé à conserver sa casquette de joueur de golf, et la visière dessinait au-dessus de ses yeux une ombre à la noirceur impénétrable. Son visage oblong semblait figé dans une moue impassible. Seul un nez inquiétant, aux contours aquilins, paraissait veiller encore, prêt à terrasser les questions les plus dérangeantes.

En progressant dans la pièce, Sweeney sentit les yeux du meurtrier se poser sur lui. Instantanément, l'Écossais bloqua toute émotion : le policier devait absolument dissimuler au Suédois son propre sentiment de malaise.

Sweeney réussit alors à conserver une démarche décontractée, puis il continua d'avancer vers la table, affichant cette nonchalance que lui avaient démontrée la vieille Elster et Tyron Jr. Très vite, le regard prédateur d'Olsson se détourna du visiteur et il finit par glisser imperceptiblement vers les deux récipients tendus par l'étrange barbe rousse.

Rassuré par cette première réaction qu'il avait souhaité provoquer, Sweeney prit place face au joueur. Il déposa les deux tasses au centre de la table puis sortit rapidement un objet métallique de sa poche. Il l'oublia négligemment à l'angle du plateau, et Olsson perçut le « clic » du dictaphone avant même d'avoir pu décoller son regard des volutes montantes du café.

— Bonjour monsieur Olsson, commença simplement Sweeney. Savez-vous qui je suis ?

— Je vous ai aperçu à Augusta, lui répondit le joueur suédois dans un anglais rugueux.

— Je suis l'inspecteur Sweeney, de la police criminelle d'Édimbourg. J'enquête sur le meurtre d'Amanda Nelson.

— Ah bon ? Et alors, je ne vois pas le rapport, grommela Sven Olsson sans parvenir à détacher les yeux des deux mugs posés sur la table.

— Est-ce que vous voulez un café ? proposa Sweeney, tentateur.

— Ouais, je veux bien, et les bras musculeux du Suédois se dénouèrent enfin pour venir s'enrouler autour de l'anse de la tasse.

— Le rapport, reprit l'Écossais… Mais c'est vous, monsieur Olsson !

— Vous rigolez ? Amanda, c'est son mari qui l'a tuée. Tout le monde sait ça sur le circuit, et Olsson, imperturbable, avala une première gorgée de liquide noir.

— Vraiment ? Alors si tout le monde le sait, ce n'est pas ce que tout le monde dit…

— Chacun dit ce qu'il veut. Vous en discuterez avec mon avocat, il arrive à huit heures.

— Ce serait dommage d'attendre, monsieur Olsson. Si vous ne parlez pas, d'autres sont déjà en train de le faire.

— Ah oui, qui ça ? le questionna le Suédois.

À ces mots, Sweeney s'efforça de contenir l'explosion de joie qui venait de lui traverser les reins. Le meurtrier de Tyron Jr avait laissé échapper une première interrogation !

Séduit par le défi que lui proposait l'inspecteur, l'instinct du joueur s'était réveillé. Olsson semblait prêt à mesurer sa maîtrise émotionnelle à celle de son adversaire. À cet instant, l'Écossais comprit que, s'il voulait capter l'intérêt du Suédois, ce qu'il avait de mieux à faire était encore de l'affronter sur son propre terrain.

Alors, sans plus hésiter, Sweeney décida de s'imaginer dans la peau d'un golfeur. Pour y parvenir, il allait lui falloir s'efforcer d'en adopter tous les réflexes psychologiques.

L'inspecteur songea que cette démarche n'allait lui poser aucun problème. En effet, en posant les tasses de café sur la table, il avait déjà l'impression d'avoir tranquillement déposé sa balle sur l'aire de départ.

Début de partie ! se dit l'Écossais.

— Vous tenez réellement à plonger seul ? reprit Sweeney.

— Mais qu'est-ce que vous racontez ? sursauta Olsson.

L'intérêt du Suédois pour cette dernière question était palpable. Le coup que s'apprêtait à jouer le jeune inspecteur s'annonçait bien. Les épaules parfaitement dans l'axe, il n'allait pas tarder à tenter une frappe décisive. Sweeney ne put s'empêcher de penser : *Est-ce que l'on a déjà vu des joueurs parvenir à rentrer leur balle depuis l'aire de départ ?*

Tout était en place. Sweeney n'avait désormais plus qu'à relâcher le ressort impatient de son swing.

Alors le premier coup partit, imparable et foudroyant :

— Le général Boyle a parlé ! s'exclama Sweeney.

*

— On l'interroge actuellement dans une pièce annexe. Il vous met tout sur le dos, enchaîna l'Écossais.

Goguenard, Olsson dévisagea l'inspecteur :

— Mais vous racontez n'importe quoi, vous... Ah ça y est, je vous vois venir ! Qu'est-ce que vous essayez de me faire dire ?... Puisque les autres ne sont arrivés à rien, en rabâchant les mêmes questions, vous espérez me faire réagir en débitant votre petite histoire loufoque. OK, ça va... Bon, mon avocat revient à huit heures, il me semble vous l'avoir déjà dit... Allez salut, et merci pour le café.

Puis Olsson porta de nouveau le mug à ses lèvres.

Sweeney parut ne pas s'émouvoir de cet échec apparent. Le Suédois était un golfeur de haut niveau, parfaitement maître de ses émotions. Ses nerfs devaient être trempés dans le plus résistant des aciers. Il lui fallait juste encore un peu de temps, et d'habileté, pour en venir à bout, se rassura-t-il.

— Allez monsieur Olsson, continua l'Écossais. Ne faites pas l'idiot. Nous savons très bien que vous n'aviez aucun mobile pour assassiner Tyron Jr... On ne vous a même pas payé pour le faire. Depuis hier après-midi, on épluche soigneusement vos comptes. Pas une seule rentrée d'argent suspecte... C'est comme ça qu'on a fini par comprendre, et que nous sommes remontés jusqu'à Boyle. Il a été interpellé cette nuit. Lui au moins, il s'est tout de suite mis à table.

— Bon, vous arrêtez votre cirque ! s'énerva le joueur. Si vous pensez que je vais...

— Bien sûr, c'est vous qui voyez monsieur Olsson... Mais à votre place, j'y réfléchirais à deux fois. À trois fois même, car je vous parle de trois meurtres monsieur Olsson. Si l'on peut accuser le général Boyle d'en être le commanditaire, il n'empêche que c'est vous qui êtes passé à l'acte. Le seul et unique assassin, c'est vous ! Alors, si vous avouez, nous pourrons toujours...

— Mais vous allez la fermer ? Qu'est-ce que c'est que ces c... ? Je vous ai dit que Buddy Nelson avait tué sa femme. Peut-être que son beau-père lui a réglé son compte après, ça, je n'en sais rien, mais moi, je n'ai rien à voir là-dedans. D'accord ?... Ce qu'il s'est passé hier me suffit déjà, vous ne trouvez pas ? Alors cherchez quelqu'un d'autre pour lui coller ces deux meurtres sur le dos. Moi, je n'ai rien à voir avec ça.

— Oui oui... J'entends bien, monsieur Olsson. Mais je vous répète que de son côté, c'est sur votre dos à vous que le général Boyle est en train de mettre ces trois assassinats... Monsieur Olsson, je vous conseille de passer aux aveux. Si vous le faites ici, en Irlande, vous serez protégé par les lois de l'Union Européenne.

En revanche, si vous laissez pourrir la situation, je vous rappelle qu'en cas d'extradition vers les États-Unis, c'est de peine de mort dont on vous parlera là-bas.

— Mais vous allez me lâcher à la fin ? Fichez le camp !... De toute façon, vous pouvez me raconter ce que vous voulez, je n'y connais rien à toutes vos lois.

— Je me permets d'insister, monsieur Olsson. Vous êtes européen, tandis que le général Boyle est américain. S'il vous charge, c'est parce qu'il sait très bien que selon la législation de son pays, c'est la chaise électrique qui l'attend là-bas. Dans ces conditions, il ne vous fera évidemment aucun cadeau.

— Mais vous êtes dingue ! Qu'est-ce que j'ai à voir avec Boyle ? Et pourquoi est-ce que vous l'avez arrêté ?

— Vous pourrez en discuter avec maître Kelly, reprit Sweeney, mais vu l'axe de défense adopté par votre complice...

— Mais...

— ... vu son axe de défense, je crains qu'il ne soit trop tard lorsque vous vous déciderez à réagir... Ne vous faites aucune illusion. C'est vrai, nous n'avons rien de tangible contre le général Boyle. Ce sera sa parole contre la vôtre. Et vous le savez très bien, monsieur Olsson, en face d'une personnalité comme la sienne, vous ne faites pas le poids... Au fait, est-ce que vous savez déjà comment vous appelle la presse ce matin ?

— Non, je m'en fous.

— Vous ne devriez pas : le « *Sniper du Golf* »... Dans vingt minutes, nous aurons fini d'enregistrer la déposition du général Boyle. Comme nous n'avons pas la moindre preuve contre lui, et que le général vous accuse, il sortira libre. Tandis que vous, vous resterez ici. Avec votre avocat bien sûr, mais aussi avec votre étiquette de « *Sniper du Golf* »... Alors soyez-en persuadé, quand Boyle partira d'ici, ce sera fini pour vous, monsieur Olsson. On ne vous écoutera plus.

— C'est bon maintenant ! Je vous ai assez vu... Vous pouvez y aller, je vous dis. Merci, et Olsson balaya d'un revers de la main les explications de l'horripilant barbu.

— ... Tandis que si vous passez aux aveux dès ce matin, persista Sweeney, c'est vous qui reprendrez la main. Et l'on considérera comme un élément aggravant pour Boyle le fait qu'il ait tenté de vous faire porter le chapeau.

— ...

— Allez, réfléchissez monsieur Olsson. C'est votre vie qui est en jeu, et la durée de votre peine : imaginez, si vous vous taisez, vous ne ressortirez probablement plus jamais de prison... Vous n'avez aucun mobile pour le meurtre de Tyron Junior, ce serait stupide d'en couvrir le commanditaire. Vous croyez que Boyle vous enverra des oranges depuis la Floride ?

— Je n'aime pas les oranges.

— Très drôle... Et le jury populaire, vous y avez pensé ? Vous venez d'abattre leur idole, et vous ne leur expliqueriez même pas pourquoi vous avez fait ça ? Ils ne vous le pardonneront jamais, vous pouvez en être sûr. Ils vous écraseront, et vous prendrez le maximum... Tandis que si vous n'êtes pour eux qu'un exécutant, et que vous l'avouez dès ce matin...

Sweeney sentit que le coup qu'il venait de jouer n'était toujours pas parfait, qu'il devait encore affiner la trajectoire de sa balle. Il reprit :

— Monsieur Olsson, j'ai bien compris ce qu'était une vie de golfeur professionnel. Sans les wild cards, vous n'auriez déjà plus votre place sur le circuit de la PGA. Je sais aussi que dans votre métier, l'espace est mince entre un milliardaire et un chômeur. Un tournoi raté, et hop ! Fini les sponsors, fini les médias, fini les hôtels quatre étoiles et la grande vie. On retourne galérer dans les compétitions subalternes… Avec un peu de chance, on revient un jour sur le devant de la scène, comme Michael Krantz à Augusta. Mais la plupart du temps, il faut se résoudre à sauter définitivement du train en marche… Et sans préavis, ce n'est jamais facile.

Soudain, Sven Olsson effleura du bout des doigts le rebord de sa casquette. L'iceberg suédois commençait à fondre ! Alors Sweeney parla, parla encore. Il le sentait, sa balle était enfin sur la bonne trajectoire. Dorénavant, il n'y avait plus à penser. Il lui fallait simplement tenir, aller jusqu'au bout du bluff, ne plus regarder sa montre, ne plus hésiter. Surtout, il ne fallait plus lâcher Olsson des yeux, et continuer à parler.

Sa balle était en vol. Où allait-elle bien pouvoir atterrir ?

*

Tout à coup, Sven Olsson déposa sa tasse de café sur la table d'interrogatoire. Puis il retira sa casquette.

Sweeney découvrit enfin le regard bleu, et incroyablement doux, du joueur suédois.

— Et si j'avoue ? demanda-t-il, en contemplant pour la première fois le dictaphone posé sur sa gauche.

L'inspecteur écossais y croyait à peine. Sa balle venait de retomber sur le green ! Mais elle roulait toujours… Rien n'était joué.

— Je vous l'ai dit : dans ce cas-là, nous bloquons le général Boyle dans nos bureaux. On reprend son interrogatoire, et vous, vous pouvez espérer une peine beaucoup moins lourde.

Olsson fixa les joues hirsutes de Sweeney, passa sa main sur son nez, comme s'il retirait un masque, et lâcha :

— OK, c'est Boyle qui me l'a demandé…

— Est-ce que vous pouvez me préciser ce que vous a exactement demandé le général Boyle, monsieur Olsson ?

Sweeney exultait, sa balle roulait à présent droit vers le trou !

— Ouais… soupira le joueur suédois. Ça a commencé il y a deux ans… Ça vous intéresse ?

— On a le temps monsieur Olsson, je vous écoute.

— Je suis collectionneur d'armes, c'est ma passion… Il y a deux ans environ, lors d'un tournoi à Chicago, je me suis procuré chez un particulier un pistolet-mitrailleur HK, une arme autrichienne. Je voulais juste la ramener, l'essayer – je tire toujours au moins une fois avec chacune de mes armes – et puis la conserver dans mon appartement de Milwaukee. J'en ai plus d'une cinquantaine en tout, des belles en plus… Mais sur le retour, j'ai été contrôlé par la police de l'Illinois. Un simple contrôle de routine, le hasard…

— Oui, et alors ? Je ne vois toujours pas le rapport avec le général Boyle.

— Si, attendez… Après le contrôle, ça n'a pas traîné. Je me suis retrouvé au poste pour défaut de port d'armes. J'ai appelé la PGA pour les prévenir, et là, Boyle s'est occupé de tout. À l'époque, il venait à peine de prendre ses fonctions de codirecteur de l'Association. Il a fait verser la caution par la PGA, et je suis sorti le soir même. Ensuite, un avocat appointé par le général a réglé toute l'affaire avec l'État de l'Illinois. Je n'ai même pas été inquiété, j'ai juste écopé d'une amende de principe. Bien sûr, dès que j'ai pu, je suis allé remercier le général Boyle. Il m'a alors expliqué que s'il avait fait tout ça, c'était simplement pour éviter qu'un joueur du circuit professionnel ne fasse la une de la presse à scandale – je marchais encore bien à cette époque-là – et parce que ce genre d'affaire risquait de nuire à l'image de la PGA. Il m'a fait comprendre qu'il l'aurait fait pour n'importe quel autre joueur, et que c'était pour cette seule raison qu'il m'avait tiré de ce mauvais pas.

— Ça remonte à deux ans ?

— Oui, dans ces eaux-là.

— Et après ? le relança Sweeney.

— Toute cette histoire m'a déstabilisé. Je me suis mis à déjouer peu de temps après, mes résultats ont rapidement plongé. J'ai même dû me séparer de mon caddie. Pour un pro, c'est le début de la fin… Ensuite, tout s'est très vite enchaîné. Au terme de la saison, j'étais déjà retourné sur le circuit européen. Seulement le problème, c'est que là non plus, ça n'allait toujours pas. Mes résultats et mes gains étaient toujours en baisse. Alors j'ai pensé à mettre un terme à ma carrière… Je ne savais pas quoi faire, j'avais encore l'emprunt de mon appartement à rembourser, je m'étais endetté pour pouvoir participer aux derniers tournois de la saison, sans rien gagner en plus et, de toute façon, ça faisait des années que je n'avais plus remis les pieds à Stockholm. C'est à ce moment-là que j'ai eu l'idée de contacter le général Boyle. Je suis allé à Palm Beach, au siège de la PGA, et je lui ai demandé si je pouvais bénéficier d'une wild card pour disputer les premiers tournois de la nouvelle saison, le temps pour moi de me refaire.

— Est-ce qu'il a accepté ?

— Non, pas tout de suite. Il ne m'a rappelé que la semaine suivante, à Milwaukee. C'est là qu'il m'a dit que ça pouvait s'arranger pour moi. À condition que je lui rende un petit service.

— Et c'était quoi, ce service ?

— Au début, ça m'a surpris : il voulait que je séduise sa fille. Son idée, c'était de l'éloigner de Tyron Jr.

— Parce qu'ils se voyaient toujours ?

— Oui. Après le coup des photos dans la presse, elle et Will avaient appris à se faire discrets. Surtout que le père Tyron veillait au grain.

— Et comment faisaient-ils pour se rencontrer, vous le savez ?

— Oui, c'est Jack Powell, le caddie de Will, qui me l'avait raconté un jour. Avec Jack, on est voisins à Milwaukee… Une fois qu'on était ensemble dans l'avion, on a discuté. Vous comprenez ?… Pour la voir, Will prenait des rendez-vous avec son préparateur mental. Mais en réalité, pendant ce temps-là, il allait retrouver Amanda Nelson. Il faut croire que le psy trouvait ça meilleur pour Will que ses propres conseils.

— Ou bien Tyron Jr le payait pour son silence ?

— Possible, Will en avait largement les moyens… Toujours est-il que le père Tyron n'y voyait que du feu.

— Et le général Boyle, est-ce qu'il était au courant ?

— Oui, c'est même lui qui m'avait expliqué comment il l'avait appris. Après les photos, il se méfiait tellement des frasques de sa fille qu'il avait décidé de la faire suivre par un privé de Floride. Le type s'appelle Grant, si jamais Boyle vous dit que j'ai inventé cette histoire.

— D'accord, on vérifiera… Donc, si j'ai bien compris monsieur Olsson, votre rôle consistait à devenir l'amant de madame Nelson afin de la séparer du numéro un mondial. C'est bien ça ?… Pas évident a priori.

— Non, ce n'était pas exactement ça, enfin pas seulement… En fait, ce que le général voulait, c'était se débarrasser d'elle.

— Ah bon ? Et ça ne vous a pas étonné que Boyle vous fasse cette demande ?

— Euh… Si. Mais il me tenait. J'avais vraiment besoin des wild cards pour pouvoir jouer sur le circuit. Et puis, dans un sens, après le service qu'il m'avait rendu, je lui devais bien ça.

— Et c'est pour toutes ces raisons que vous avez fini par tuer Amanda Nelson en Écosse ?

— Non, c'est un accident… Enfin… Disons plutôt que ça ne devait pas se passer comme ça.

— Comment alors ?

— En réalité, ça faisait longtemps qu'Amanda était accro à la coke. C'est son père qui me l'avait appris. Son plan, c'était que j'entre en contact avec elle par ce biais-là, que je lui propose une marchandise moins chère. Que je devienne son fournisseur quoi, vous saisissez ?

— Oui, je crois. Et ensuite ? Je ne vois toujours pas le rapport…

— Ensuite, il fallait réussir à la détourner de Will par ce moyen-là, et finalement : *régler le problème*, comme disait le général.

— Et comment « règle-t-on un problème », monsieur Olsson ?

— L'idée, c'était de faire croire à une overdose. Un soir, une fois qu'elle aurait été bien partie, je lui aurais administré une piqûre. De quoi la shooter pour de bon. Elle n'aurait même pas souffert, au contraire... Et puis tout le monde y aurait cru, tous ses amis savaient qu'elle se droguait.

— Alors pourquoi est-ce que ça ne s'est pas passé comme ça ?

— Euh... Je peux boire encore un peu de café ?

— Je vous en prie, monsieur Olsson.

Sweeney observa le Suédois déglutir avec difficulté. Il sentait qu'il allait enfin comprendre ce qu'il était arrivé à Amanda Nelson. Son coup semblait dorénavant parfait.

— Ce jour-là, Amanda est venue me rejoindre à St Andrews sans prévenir, deux jours avant le *British Open*. Elle voulait qu'on passe la soirée ensemble, une soirée « défonce » à la coke. On s'en faisait une de temps en temps... Avant ça, l'après-midi, on s'était dit qu'on allait d'abord se faire un parcours.

— Monsieur Olsson, pardon, mais vous couchiez avec elle ?

— Tant qu'à faire... La coke lui faisait faire de ces trucs !

— Bien, se contenta d'enregistrer Sweeney, tout en dissimulant le dégoût que lui inspirait le Suédois... On n'a pas retrouvé ses affaires de toilette. C'est vous qui les lui avez prises ce jour-là ?

— Je ne les lui ai pas prises. Quand elle est arrivée en voiture de Londres, on s'est retrouvés sur le parking. Elle a mis un pyjama et son maquillage dans mon coffre, pour passer la nuit à l'hôtel, et c'est tout.

— Et de là, vous êtes partis jouer ensemble, sur le *Old Course* ?

— Oui. On s'est dépêchés pour éviter de croiser son mari. Mais de toute façon, même si par hasard on avait rencontré Buddy, on aurait toujours pu lui raconter n'importe quoi. Pour lui, tout ce que disait Amanda était parole d'Évangile, même après qu'elle l'avait trompé avec Tyron Jr.

— D'accord. Donc vous partez jouer tous les deux, et que se passe-t-il au trou n°6 ?

— Ça a commencé avant. Amanda devait être en manque. Elle était nerveuse, elle n'arrêtait pas de râler. À un moment, elle m'a dit que je m'occupais d'elle simplement pour rendre service à son père, que je n'avais pas le moindre sentiment pour elle. Sur le coup, j'ai pensé qu'elle essayait juste de me provoquer… Et puis elle a fini par me raconter qu'elle en avait parlé à Buddy, qu'il savait qu'on se voyait depuis un moment. Alors j'ai paniqué. J'ai senti qu'elle était en train de m'échapper, et que ce que nous avions prévu avec son père risquait de ne pas fonctionner. Je me suis dit qu'il fallait faire quelque chose avant qu'il ne soit trop tard.

— C'est là que vous avez décidé de la frapper ?

— Mmm… murmura Olsson. On arrivait au n°6, le *Heathery.* Il y a un bois sur la droite du trou, c'est le seul sur tout le parcours. Je me suis dit qu'à cet endroit, je pourrais… Enfin, j'ai volontairement tapé un coup trop long à droite, en plein milieu des arbres.

— Contre le vent ?

— Comment savez-vous ça ?

— Je suis allé enquêter sur place. Un professionnel comme vous ne peut y envoyer sa balle que s'il le désire. Le vent violent de la mer rabat tous les coups sur la gauche. J'ai tout de suite pensé qu'on avait voulu entraîner Amanda Nelson dans le bois… Elle n'y a pas prêté attention ? C'était pourtant une joueuse de haut niveau, elle aussi.

— Non, j'ai fait semblant d'être totalement déconcentré par ce qu'elle me disait… Alors on est partis sous les arbres, à la recherche de ma balle, et pendant qu'elle me tournait le dos, je l'ai frappée à la tête, avec le fer que j'avais entre les mains.

— Et son corps ? Dans un premier temps vous l'avez laissé sur place, c'est bien ça ?

— Comment ? Vous savez ça aussi ?

— Examen des fragments sur ses vêtements et sur le corps. Le travail du légiste en fait… Répondez, monsieur Olsson.

— Euh… Oui. Il y avait trop de joueurs sur les différents parcours. Je l'ai rapidement recouverte de feuilles, de terre et de branches, ainsi que son sac de golf. Comme ça, j'étais tranquille. Ce jour-là, seuls les pros avaient accès au *Old Course*. Je savais que personne d'autre ne risquait d'envoyer sa balle dans le coin.

— Et quand êtes-vous revenu l'enterrer sous le bunker ?

— La nuit suivante. Impossible de la sortir du parcours. Il y avait trop de chemin à faire pour transporter le corps, c'était prendre le risque d'être vu par quelqu'un. Alors j'ai creusé le sable de l'obstacle le plus proche, et je l'ai enfouie là. Ça ne m'a pas pris très longtemps.

— Et son sac de golf?

— Je l'ai ramené, mis dans ma voiture, et avant de partir pour le *British Open*, je l'ai revendu à une boutique de matériel d'occasion à Dundee.

— Ses clés de voiture, ses papiers, son téléphone portable ?

— Ah oui… Je lui ai pris ses clés et son portable dans le sous-bois, et j'ai retiré de la voiture tout ce qui pouvait permettre d'identifier Amanda. Ensuite, j'ai tout enterré le lendemain dans une forêt, à l'écart de la route qui mène à Glasgow.

— Bien. J'imagine que le général Boyle était satisfait ? ironisa Sweeney, et il vida sa tasse de café.

— Au contraire ! Il m'a eng… quand je lui ai appris la nouvelle. C'était au début du *British Open*. Il m'a reproché de ne pas avoir procédé comme il me l'avait demandé… En fait, il craignait surtout que l'affaire n'éclate pendant le tournoi. Mais comme Buddy ne s'est pas soucié de ce que devenait sa femme, et que le corps d'Amanda n'a été découvert que la semaine suivante, Boyle a fini par se calmer. Et comme ça, j'ai eu mes wild cards.

— Bien, merci monsieur Olsson. Et à Augusta maintenant ? poursuivit Sweeney, sans même laisser au Suédois le temps de reprendre son souffle.

— Quoi Augusta ?

— Augusta, Buddy Nelson voyons !

— Là, je n'y suis pour rien.

— Comment ça vous n'y êtes pour rien ? Si vous voulez qu'on…

— À Augusta, Buddy a eu ce qu'il cherchait.

C'était quasiment de la légitime défense.

— Monsieur Olsson, je vous conseille de veiller à la façon dont vous présentez les faits. J'ai bien peur qu'aucun jury ne soit disposé à entendre un discours pareil.

— Mais si, je vous assure! Le gros Buddy m'est tombé dessus dès le premier soir de la compétition... J'étais sur le trou n°13, je travaillais tranquillement mes approches... Tout à coup, il est arrivé comme un dingue, rouge de colère. Il était couvert de sueur.

— Que s'est-il passé entre vous?

— Buddy Nelson a commencé par me pousser, j'ai même failli tomber. Il m'a dit que sa femme lui avait parlé de moi, qu'elle lui avait raconté que depuis un moment je lui tournais autour. Alors il a continué de me pousser, il voulait me faire dire que c'était moi que sa femme était venue retrouver à St Andrews. Il sous-entendait que je l'avais peut-être tuée, et qu'il comptait en parler dès le lendemain à un policier écossais... C'était vous?

— Oui, il aurait mieux fait de me raconter tout ça plus tôt.

— À ce moment-là, j'ai eu peur. Je l'ai laissé me bousculer jusqu'aux abords du green du 13, et puis, sans prévenir, je l'ai frappé lui aussi... Il est tombé tout de suite.

— J'imagine... Et son corps?

— J'ai d'abord vérifié qu'il ne respirait plus. Puis, comme d'autres joueurs risquaient d'arriver sur le trou, je me suis dépêché de le descendre dans la buse sous le pont, celui qui se trouve entre le 13 et le 14. Je n'ai même pas réfléchi. Ensuite, j'ai aussitôt couru prévenir le général Boyle.

— Parce que vous l'avez mis au courant le soir même ?

— Oui, évidemment. Je ne savais plus quoi faire. Quand je suis arrivé, j'étais toujours aussi paniqué. Sa secrétaire a commencé par me regarder d'un sale air. J'avais le bas du pantalon trempé, et l'eau dégoulinait sur le tapis du bureau. Mais ça, ce n'était rien à côté de l'eng… que Boyle m'a passée.

— Qu'est-ce que le général vous a dit ?

— Il a commencé par me traiter d'incapable, de crétin, enfin de je ne sais plus quoi encore… Puis il a fini par se calmer. Il a réfléchi et m'a dit de faire comme si de rien n'était, que la police n'avait aucune raison de me soupçonner, et qu'il essaierait de l'aiguiller dans une autre direction. Ça m'a rassuré, et je suis sorti de son bureau… Quand je l'ai quitté, je pensais vraiment que toute cette histoire était finie.

— D'accord monsieur Olsson, conclut l'inspecteur… Bien. Si tout ce que vous déclarez est vrai, alors maintenant j'aimerais comprendre pourquoi vous avez décidé de tirer sur Tyron Jr hier après-midi ?

— Mais je n'ai rien décidé du tout ! protesta le Suédois. Je ne sais même pas pourquoi il voulait que je le descende !

— « Il », c'est le général Boyle, je présume ?

— Bien sûr ! Pourquoi ? Qu'est-ce qu'il vous a raconté ? Parce que s'il cherche à me faire porter le chapeau, on va…

— Attendez monsieur Olsson ! Du calme ! Nous sommes là pour écouter votre version des faits. Il sera toujours temps par la suite de confronter vos déclarations à celles du général Boyle… Je vous le répète, le général est américain. La législation dont il dépend est beaucoup plus lourde. En matière pénale, les risques qu'il encourt sont bien supérieurs aux vôtres. Ceci explique cela… Bon, reprenons si vous le voulez bien.

— Ouais, mais n'empêche que s'il veut…

— Monsieur Olsson ! l'avertit solennellement Sweeney.

— OK, ça va… Pour Will, je ne sais pas ce qu'il lui a pris. La semaine dernière, pendant que je m'entraînais du côté de Dublin, le général m'a appelé. D'abord, je n'ai pas compris. J'ai pensé qu'il voulait me donner des nouvelles de l'enquête.

— Et alors ?

— Pour commencer, il a menacé de ne pas m'accorder de wild card pour Ballybunion. Sauf si je lui rendais un dernier service.

— Et de quoi s'agissait-il cette fois ?

— Là, je vous dis, je n'ai rien compris… Il voulait que je tire sur Tyron Jr, en plein tournoi, devant les caméras. Faire « un truc à la Kennedy », c'est ce qu'il disait.

— Vous ne lui avez pas demandé pourquoi il fallait tirer sur Tyron Jr, et pas sur un autre ?

— Non, j'ai seulement pensé qu'il avait un compte à régler avec Will, à cause du scandale avec sa fille. Je me suis dit qu'il voulait le faire payer lui aussi.

— Bon, on verra ça… Continuez.

— Depuis l'histoire du défaut de port d'arme dans l'Illinois, le général Boyle savait que j'étais plutôt bon tireur. Alors il m'a demandé de me procurer dès que possible un fusil à lunette, en Irlande. Et puis il m'a raconté que tout le reste serait du gâteau. Il avait déjà mesuré que, depuis la fenêtre de son bureau, le green du dix-huitième trou se trouvait à moins de cent yards, et que…

— Comment ? Parce que vous avez tiré depuis son bureau, pas depuis les toilettes ? sursauta l'Écossais.

— Ouais, j'ai menti pour le couvrir. Le général m'avait même remis ses clés dès avant-hier, en me précisant qu'il éloignerait sa secrétaire. Comme ça, j'ai pu entrer, puis ressortir, sans être inquiété.

— Qui a eu cette idée ?

— Mais c'est lui, je vous jure ! Il m'a même dit que je devais attendre les applaudissements de la foule pour tirer. En plus il avait raison, personne n'a rien entendu. Je suis reparti du club house sans difficulté… S'il n'y avait pas eu votre collègue, là… Au fait, s'inquiéta soudain le Suédois, comment est-ce qu'il a fait pour me tomber dessus aussi vite ? C'est le général qui m'a dénoncé, c'est ça ?

— Non, répondit Sweeney, laconique.

— Alors quelqu'un m'a vu ? Ce n'est pas possible pourtant, j'avais bien fait attention de…

— Non plus ! ne put s'empêcher de sourire l'inspecteur.

Incrédule, Sven Olsson n'eut pas le temps d'interroger plus longuement le regard amusé de Sweeney. Un « clic » sonore et définitif vint brutalement mettre un terme à l'entretien.

Le joueur parut alors émerger d'une longue phase hypnotique. Il identifia soudain le curieux boîtier gris dont le ronronnement venait de s'interrompre. Puis il fixa la barbe rousse de son interlocuteur, stupéfait d'avoir finalement livré ses aveux à ce… à ce… Mince ! Ce type ne ressemblait à rien !

Sweeney contempla la mine atterrée de Sven Olsson, la considérant finalement comme un véritable trophée. Pour un joueur débutant, ne venait-il pas de réussir un superbe premier coup ?

— Quelqu'un va venir prendre votre déposition. Je vous remercie monsieur Olsson, conclut sobrement l'Écossais.

Enfin, après avoir récupéré son précieux dictaphone, Sweeney se leva de table et il traversa la pièce sans plus se soucier désormais du regard consterné du Suédois.

Dans le couloir, l'inspecteur O'Leary vit tout à coup resurgir le sourire lumineux de son collègue. Aussitôt, le jeune Écossais brandit son boîtier métallique en s'exclamant :

— Il a avoué ! Les trois meurtres !… Jeffreys, vous pouvez aller prendre sa déposition, il vous attend.

— Quoi ? s'étrangla O'Leary.

— Ça a marché, répéta calmement Sweeney.

— Attendez… Attendez inspecteur… bredouilla encore l'Irlandais.

— Allez-y Jeffreys ! Il ne faut pas le laisser refroidir. Il attend, je vous dis… Olsson va gentiment vous raconter les meurtres d'Amanda et de Buddy Nelson, et il vous donnera aussi les détails du tir aux pigeons d'hier. Au passage, n'oubliez pas de lui faire épeler le nom de son commanditaire.

— Le commanditaire ? couina O'Leary. Qu'est-ce que vous racontez, Sweeney ?… OK, allez-y Jeffreys, dépêchez-vous. Notez tout ce qu'Olsson est censé vous raconter… puis se tournant de nouveau vers le sourire béat de son collègue :

— Parce qu'il a un complice ?

— Oh oui ! Et c'est du gros ! plaisanta Sweeney, et il mima la dernière fois qu'il avait pêché un saumon dans la rivière Dee.

— Mais c'est qui ? demanda O'Leary, au mépris de toute règle de grammaire.

— Devinez…

— Faites pas ch… Sweeney ! Alors ?

— Le général Arthur Boyle ! Codirecteur de la *Professional Golfers' Association* ! claironna Sweeney, avant d'ajouter, en tapotant sur son dictaphone :

— Et tout est là !

L'inspecteur O'Leary, même s'il n'avait pourtant bu que du café, eut soudain l'impression que le couloir du commissariat se mettait à tanguer, comme si un tapis mécanique venait de se mettre en marche sous ses pieds.

— Euh… Sweeney, est-ce que vous êtes sûr de votre coup ? Parce que si Olsson vous a raconté n'importe quoi…

— C'est bon, je vous assure. À peu de choses près, c'est le scénario que je m'étais imaginé. Boyle a commandité l'assassinat de sa fille, puis celui de Tyron Junior hier. Quant au meurtre de Buddy Nelson à Augusta, celui-là n'était pas prévu. C'est un accident de parcours. Olsson a tué Buddy parce qu'il craignait qu'il ne parle. Le mari d'Amanda le soupçonnait.

— Dites-moi Sweeney, comment avez-vous fait ça ?

— Oh, eh bien j'ai commencé par lui proposer une tasse de…

— Non ! Comment vous avez fait pour deviner comment tout ça s'était passé ?

— Ah pardon… Mais je n'ai rien deviné du tout. C'est tante Midge qui m'a donné la solution. Le carton d'invitation, vous voyez, comme une wild card pour un tournoi de golf.

— Hein ?! bêla O'Leary.

— Laissez, c'est un peu long. Je vous raconterai... Dans l'immédiat, je vous avoue que je suis plutôt content de mon coup.

— Ah ça, vous pouvez l'être Sweeney. Pour un débu...

— Dites O'Leary, le coupa l'Écossais. Au golf, lorsqu'un joueur rentre sa balle du premier coup, est-ce qu'il existe un mot pour dire ça ?

— Oui, si c'est un par trois, on dit qu'il fait *Eagle*[3]. Pourquoi ?

— Bon, je n'y comprends rien, mais *Eagle* je trouve ça plutôt joli, et assez flatteur. Quoique... songea soudain Sweeney.

— Qu'est-ce qu'il y a encore ?

— Je me réjouis trop vite, O'Leary... La partie n'est pas finie. Souvenez-vous de Robby Elster, hier, sur le 18. Même si le dernier coup paraît facile, tant que la balle n'est pas au fond du trou... Allez, dépêchons-nous. Le général Boyle est toujours en liberté, et dieu sait ce qu'il est en train de mijoter. En plus, même si les mobiles me paraissent clairs pour les deux premiers meurtres, je n'ai pas réussi à comprendre pourquoi il avait fait assassiner Will Tyron Jr.

Alors Sweeney agrippa O'Leary par la manche et, sans plus attendre, il l'entraîna à la poursuite du général Boyle...

---

3. Eagle *(aigle), pour deux coups sous le par. Un seul coup équivaut à faire* birdie *(petit oiseau). Trois coups sont un* albatross.

Fin de parcours

L'aube irlandaise s'éveillait assaillie par la tempête. L'océan furieux se précipitait en hurlant, recouvrant les côtes de granit sous sa robe écumeuse. Sous la violence de son souffle, le vent tordait les mâts des navires, avant d'exiler leurs plaintes au loin sur la lande. Dans ses convulsions, la nature semblait vouloir laver son âme de la souillure des hommes.

L'inspecteur O'Leary stoppa le moteur de son break au pied du club house de Ballybunion. Puis il se tourna vers Sweeney :

— Vous croyez que le général sera là ?

La barbe rousse consulta le cadran de sa montre :

— 6:50 am. Aucun doute. Il doit être en train de consulter la presse, ou d'écouter les nouvelles à la radio… Vous êtes prêt O'Leary, on y va ?

— Attendez Sweeney… J'ai bien écouté tout ce que vous m'avez expliqué depuis que nous sommes partis de Tralee. Si ce que vous a dit Olsson au sujet de Boyle est vrai, on peut s'attendre à une réaction « musclée » de la part du général. Vous ne pensez pas ?

— Plausible… Vous êtes armé, O'Leary ?

Pour toute réponse, l'inspecteur irlandais souleva le pan de sa veste, laissant deviner la bretelle de son holster.

— 9 mm et neuf dragées dans le chargeur. Ça devrait suffire, non ?… OK Sweeney, on y va.

À peine sortis de voiture, les deux policiers furent assaillis par les rafales de vent qui les poussaient sans ménagement vers le club house. Parvenus à l'intérieur, ils durent enjamber les corps assoupis des journalistes ainsi que les câbles et les fils enchevêtrés. Sans un mot, ils grimpèrent ensuite jusqu'à l'étage. Au fond du couloir, la secrétaire du général Boyle était déjà là, fidèle au poste.

— Bonjour Miss Stamp, la salua Sweeney d'un air grave. Est-ce qu'il est arrivé ?

— Euh… Oui. Mais vous savez bien que…

— Merci, Miss Stamp. C'est important, vous veillerez à ce que personne ne nous dérange, lui recommanda l'Écossais.

L'inspecteur O'Leary s'empressa de frapper à la porte du bureau.

— Qu'est-ce qu'il y a ? gronda la voix du virulent sexagénaire.

Le duo d'inspecteurs franchit le seuil d'un pas décidé, puis tous deux allèrent se planter face au général, en plein centre de la pièce.

— Déjà ? s'étonna le codirecteur de la PGA. Vous êtes tombés du lit ?… Dites, vous avez vu les journaux ce matin ? les interrogea le général, et Boyle brandit d'un air victorieux la une du *Times* et du *Irish Independent*.

— C'est incroyable ! s'exclama-t-il. Regardez, le tournoi fait les gros titres.

Radieux, il reposa ses trophées de papier et désigna aussitôt la pile entassée à l'angle de sa table :

— Et c'est pareil dans tous les autres. Il n'est question que de nous... En plus, vous avez vu tous ces journalistes au rez-de-chaussée ? Il en vient de partout, certains doivent encore arriver cet après-midi du Japon. En moins de douze heures, Ballybunion est devenu le centre du monde. C'est inespéré ! s'enthousiasma l'indécent général Boyle.

— Asseyez-vous messieurs, proposa-t-il à ses deux visiteurs. J'attends le journal de sept heures à la radio.

— Non merci général, répondit froidement O'Leary. Nous resterons debout.

— Ah bon ?... Au fait, et Olsson alors ? s'enquit le général, sans se départir de sa bonne humeur. Qu'est-ce qu'il vous a raconté ?... Oh j'y pense ! Je n'ai pas encore eu l'occasion de vous le dire, mais bravo pour l'arrestation. Net et précis, du beau boulot vraiment !

— Hem... Général... Olsson est passé aux aveux il y a une heure, annonça Sweeney d'une voix posée.

Ccomme par réflexe, le bras du général Boyle balaya les journaux, et une ride inquiète apparut sur son front.

— Oui, très bien... Alors ? articula Boyle sur un ton qui se voulait neutre.

Les deux inspecteurs échangèrent un regard. Sweeney comprit que O'Leary préférait lui laisser la parole. Sûr de lui, le collier de barbe rousse s'avança, et il fournit au général Boyle la réponse qu'il attendait :

— Général, j'ai tout d'abord cru que le meurtre de votre fille était un crime passionnel, commis par son mari Buddy, ou bien par l'un de ses amants...

— Mais... Attendez inspecteur, je ne vois pas...

Attendez, parce que vous savez qui a tué Amanda ? le questionna Boyle, stupéfait.

— Oui, monsieur. Laissez-moi poursuivre... Je disais que j'avais cru à un drame passionnel... Mais ce n'est pas la passion ou la jalousie qui ont provoqué la mort de votre fille. D'ailleurs, deux de ses meurtriers potentiels, Will Tyron Jr et Buddy, ont eux-mêmes été assassinés depuis... Et puis, pour ne rien vous cacher, j'ai abandonné cette piste assez vite, dès ma première rencontre avec Will et Buddy à Augusta. En effet, j'ai tout de suite observé que leur personnalité collait assez peu avec le profil habituel de ce genre de criminels. En réalité, à Augusta j'ai surtout été frappé par les tensions que suscitaient les intérêts sportifs : ceux de Tyron Senior et de son fils notamment... J'ai réalisé que ces intérêts étaient susceptibles d'avoir motivé l'assassinat d'Amanda : pour des gens comme les Tyron, il n'est pas si facile d'accepter de ne plus être sur le toit du monde, même s'il ne s'agit que du petit monde du golf. Alors, en toute logique, je me suis dit que Tyron Senior avait pu vouloir se débarrasser de votre fille parce qu'elle représentait un obstacle à une nouvelle coopération entre son fils et son ancien caddie. Leur réconciliation ne constituait-elle pas son seul espoir de faire retrouver à Will son rang de numéro un mondial ?... Mais si, en effet, cette hypothèse paraissait logique, alors pourquoi tuer Buddy ensuite ? Sa mort pouvait-elle n'être qu'un accident ? Buddy avait-il accusé les Tyron d'avoir tué sa femme, et son assassinat résultait-il d'une discussion houleuse qui avait mal tourné ? Logique, plausible même, mais tout ça me paraissait mal ficelé... Et pourtant, jusqu'à hier après-midi et l'assassinat de Will, je dois avouer que je ne disposais d'aucun autre scénario crédible.

— Parce que vous pensez qu'il s'agit d'autre chose, inspecteur ?

— Oui, monsieur. Il y a l'argent ! lâcha brutalement Sweeney.

Avant de reprendre :

— Je ne me suis pas immédiatement rendu compte des enjeux financiers colossaux que génère le golf international. J'étais venu découvrir un monde de sportifs, de grands champions… Quelle naïveté ! Finalement, je n'y ai rencontré que des professionnels, froids et calculateurs… D'ailleurs, comment pourrait-il en être autrement lorsque les montants des gains des meilleurs mondiaux avoisinent les six ou sept millions de dollars par an ?… C'est bien ça, monsieur ?

— Oui. Pour les tout meilleurs, c'est même nettement plus.

— Merci de cette précision… Et dire que c'est vous, monsieur, qui n'avez pas cessé de m'en parler. Je vous ai vu obsédé par la gestion de ces sommes énormes, et je ne vous ai pas écouté… Vous me parliez d'argent, et moi je ne pensais qu'à approfondir ma connaissance d'un milieu sportif. Je n'ai pas su vous entendre.

— Trop heureux si j'ai pu vous aider, inspecteur. Mais ma fille dans tout ça, et quel rapport avec Olsson ? Est-ce qu'il vous a parlé de quelque chose à son sujet ?

— Je vous l'ai dit, monsieur. Il a avoué… Et c'est de *vous*, général Boyle, dont nous avons parlé !

La dernière phrase de Sweeney claqua comme une gifle.

À ces mots, le volcan Boyle entra aussitôt en éruption. Son visage s'empourpra. Le général bondit, et ses deux poings jaillirent sur le bureau, prêts à voler. Mais l'Écossais ne lui laissa pas le temps d'exploser :

— Asseyez-vous ! hurla Sweeney. Sa barbe rousse parut se déchirer sous l'effet de la colère.

— C'est vous, général Arthur Boyle, qui avez fait tuer votre propre fille !

— Mais qu'...

— Taisez-vous ! ordonna l'inspecteur. Vous espériez qu'après la disparition d'Amanda, Buddy rejoindrait Tyron Jr et qu'il l'aiderait à retrouver son rang de meilleur joueur mondial ! lui asséna encore Sweeney.

Foudroyé par l'accusation et l'autorité insoupçonnée du jeune inspecteur, Boyle retomba dans son fauteuil. Attentif, O'Leary surveilla le mouvement des mains du général, préférant laisser traîner ses doigts sur le cuir de son holster.

Pendant ce temps, la tempête Sweeney enflait. Elle finit par déferler d'un coup, balayant les derniers mensonges derrière lesquels s'abritait encore l'homme de pouvoir :

— Tout ce que vous vouliez général, c'était que Will Tyron Jr gagne de nouveaux tournois. Vous espériez que l'audience des retransmissions télévisées remonte. Bref, que tout rentre dans l'ordre, comme au bon vieux temps. Vous attendiez que vos riches sponsors, dont la plupart vous avaient lâché depuis un an, reviennent frapper à la porte de l'Association... Je me doute que pendant cette saison où les vainqueurs des tournois n'ont guère été « médiatiques », vous avez dû perdre des dizaines de millions de dollars. Je suis même convaincu que vous avez fini par penser que le point de départ de tout ça, après tout, c'était votre fille. Qu'en couchant avec Tyron Jr, elle avait non seulement déstabilisé le numéro un mondial, mais aussi tout le circuit et son juteux business.

Le général Boyle encaissait les directs de l'Écossais l'un après l'autre. L'adversaire était manifestement dans les cordes. Mais Sweeney semblait décidé à l'assommer définitivement. Il poursuivit :

— Mais voilà général, vous ne contrôliez plus votre fille. Elle prenait plaisir à saper votre autorité de père, en même temps qu'elle sapait votre empire financier. Et puis, avouez-le, cette fille vous avait toujours fait honte. Amanda était si imparfaite, si différente de vous… En demandant à Olsson de la tuer, non seulement vous remettiez le petit monde du golf en ordre de marche mais, en plus, vous assouvissiez une vengeance personnelle. N'est-ce pas, général Arthur Boyle ?

En l'espace d'une minute, sous les coups de boutoir de l'inspecteur, la musculature encore volumineuse du sexagénaire semblait avoir fondu. O'Leary aurait juré que, dans l'intervalle, Boyle était allé changer de costume, tant il donnait désormais l'impression de nager dans un complet trop large d'au moins deux tailles. Pourtant, Sweeney n'en avait pas encore fini :

— Malheureusement pour vous général, Olsson a tué Buddy à Augusta. Ça, en revanche, vous ne l'aviez pas prévu… D'un seul coup, avec le cadavre de votre gendre, c'est aussi tout votre plan qui tombait à l'eau. Plus jamais Tyron Jr ne pourrait rejouer avec Buddy Nelson. Tout espoir de le voir revenir à son meilleur niveau s'envolait. Comme vous continuiez certainement à perdre de plus en plus d'argent, et qu'à l'approche du Conseil d'Administration de la PGA vos comptes ne cessaient de s'enfoncer dans le rouge, je pense que c'est à ce moment-là que vous est venue cette idée complètement délirante d'assassiner Tyron Jr.

— Mais je vous défends, protesta enfin Boyle. Vous n'avez aucune preuve de tout ce que vous avancez!

— Je n'ai pas fini! tonna Sweeney. Puisque pour vous Tyron Jr était fichu, et qu'il ne vous ramènerait plus dans les caisses l'argent escompté, vous vous êtes dit que vous pouviez désormais le griller comme un vulgaire fusible… Vous avez alors échafaudé un plan machiavélique: sacrifier Will Tyron Junior sur l'autel des intérêts financiers de la PGA… Et en direct! Devant les caméras du monde entier, quelle audience! Un coup à la Kennedy, voilà ce que vous avez demandé à Olsson. Évidemment, après un événement aussi médiatique, qui pourrait encore ignorer la *Professional Golfers' Association* et ses tournois?

Dégoûté, Sweeney conclut sur un ton ironique:

— J'espère que vos foutus sponsors seront contents, général… Vous avez donné suffisamment de chair fraîche aux vautours: trois morts!… Trois morts pour de l'argent… Mais pour vous maintenant, la partie est terminée général: fin de parcours!

Le général Boyle demeura prostré dans son fauteuil, le visage tourné vers le sol. Puis, au grand soulagement de O'Leary, il replaça finalement ses mains sur le bureau.

Mais tout à coup, sans crier gare, le sexagénaire redressa la tête. En un instant, il parut retrouver toute sa morgue:

— Pour de l'argent, dites-vous?… Vous n'avez décidément rien compris, inspecteur. Vous êtes trop jeune… Votre manque de maturité vous empêche de cerner toute la dimension du problème. Laissez-moi vous expliquer. Ensuite, je me mettrai à votre disposition… Pour commencer, monsieur le jeune inspecteur, un paramètre vous échappe totalement : savez-vous que la *Professional Golfers' Association* a été fondée en 1916 et qu'elle compte aujourd'hui plus de vingt-huit mille employés ? Son budget dépasse celui de la formule Un, ou de n'importe quel autre sport. La PGA est la plus grande organisation sportive au monde !… Vous comprenez ça, mon petit bonhomme ? lui asséna Boyle, plus méprisant que jamais.

— Je ne vois pas le rapport, intervint O'Leary.

— Je vais vous le dire, moi, le rapport, cher monsieur… Lorsque le Conseil d'Administration de la PGA m'a élu comme codirecteur, il y a maintenant trois ans, il m'a remis la destinée de cette grande entreprise, et l'emploi de milliers de personnes, entre les mains. Ça vous parle ça, ou bien je dois vous faire un dessin ? On m'a fait confiance pour remplir cette mission, et cette mission, je l'ai acceptée.

Puis Boyle marqua un temps d'arrêt.

Après avoir longuement plongé son regard dédaigneux dans celui des deux policiers, il reprit :

— Mais la mission n'est-ce pas, c'est une notion qui ne veut plus rien dire pour vous, hein ? Votre génération, pour elle, tout ce qui compte, c'est de travailler le moins possible. Vous voulez juste avoir le temps de vous regarder le nombril et de vous rouler des joints, c'est ça ? Je suis sûr que vous pensez comme ça. Amanda, elle aussi pensait de cette façon-là… Vous deux d'ailleurs, je serais prêt à parier que vous n'avez même pas fait votre service ! Je me trompe ?

Le silence consterné de Sweeney et de O'Leary parut conforter le général Boyle dans ses assertions.

— La mission, jeunes morveux ! La mission ! s'emporta-t-il. Mais c'est sacré la mission ! Au Viêt Nam, au Koweït, en Bosnie, j'ai toujours rempli ma mission. Coûte que coûte !… Qu'est-ce que vous croyez ? Il m'est arrivé de perdre des hommes, des amis parfois… J'ai eu peur moi aussi, j'ai même manqué d'y passer, mais tout ça n'a jamais eu la moindre importance. La seule chose qui comptait, c'était de remplir la mission. Il n'y a que ça qui fasse de vous un homme… Dans l'armée, à chacun des postes que j'ai occupés, je n'ai jamais failli à ma mission. Jamais ! Vous comprenez ?

Les deux inspecteurs n'en croyaient pas leurs oreilles. Le discours du général Boyle devenait totalement surréaliste et décalé. Pourtant, ce dernier semblait ne pas en avoir encore terminé :

— Alors, quand j'ai quitté le service actif, et que l'on m'a demandé de redresser Wat Mall, j'ai appliqué les mêmes principes. Et évidemment, ça a marché. Comme d'habitude. Mais ensuite, une fois élu à la tête de la PGA, la mission que l'on m'a confiée s'est tout de suite avérée difficile. Nos parts de marché traditionnelles commençaient à s'effriter. Elles étaient menacées par des sports émergents, plus populaires. Mais il était hors de question d'échouer ! Peu importait ce qui pouvait se mettre en travers de ma route, qu'il s'agisse de ma propre fille ou de quoi que ce soit d'autre… Vous savez, la seule chose qui compte dans l'existence, c'est de remplir sa mission. Si vous pouviez au moins comprendre ça : nous autres individus ne sommes rien à côté de la grandeur d'une mission accomplie !

— Général, je ne pense pas… voulut enfin le contredire Sweeney.

— Mais regardez-moi ça ! s'écria Boyle, et il arracha rageusement un fax sur sa droite. Depuis hier après-midi, j'en ai reçu des dizaines comme celui-là ! Plusieurs chaînes de télévision, des américaines, des européennes, des japonaises, et aussi des banques, des constructeurs automobiles… Depuis le coup d'hier, le monde entier veut de la PGA ! Tous les médias ne parlent plus que de nous… Dans moins de quinze jours, l'Association sera plus riche qu'elle ne l'a jamais été. Alors oui, que ça vous plaise ou non, j'ai rempli ma mission. J'ai réussi ! Oui jeunes morveux, je pars la tête haute !…

Alors soudain, le général Boyle se leva. Il sortit de derrière son bureau et s'avança vers les policiers.

— Monsieur, vous êtes en état d'arrestation, lui annonça l'inspecteur O'Leary.

Le général Boyle, le visage suintant d'arrogance, se laissa tranquillement passer les menottes.

Mais avant de sortir, il toisa une dernière fois les deux hommes :

— Vous croyez vraiment que, parce que vous m'arrêtez, vous avez gagné ?

S'attardant sur Sweeney, il ajouta :

— Vous jouez au golf, inspecteur ?… Non ? Alors je vais vous expliquer une petite règle de base : depuis le début, j'ai toujours eu un coup d'avance… Au cours de votre enquête, vous avez toujours joué après moi et, au golf, ça ne pardonne pas. Le joueur qui expédie le premier sa balle sur le parcours prend un avantage décisif sur son adversaire. Quand ce dernier s'avance pour jouer à son tour, il aperçoit alors, au beau milieu du fairway, une agaçante petite balle blanche. Tout lui paraît vert, à l'exception de cette satanée petite balle blanche… Et plus il cherche à l'oublier, plus il cherche à l'ôter de son esprit, et plus l'image de la balle s'enfonce dans son cerveau, profonde, lancinante, jusqu'à ce qu'il ne puisse plus l'effacer. Jusqu'à ce qu'il ne voie plus qu'elle… Finalement, au moment où il déclenche son swing, l'adversaire ne pense plus qu'à une chose : « Évite la balle sur le fairway ! Évite la balle sur le fairway ! » Il essaie bien de chasser cette petite voix dans sa tête, mais cette petite voix, c'est la sienne !… Et elle répète inlassablement : « Évite la balle sur le fairway !… » Alors, à l'instant de jouer, sans même s'en rendre compte, tout son corps va s'efforcer d'éloigner sa frappe autant que possible de cette fichue balle blanche qui l'obnubile, et qui lui semble obstruer tout le fairway… Bien sûr, si c'est un joueur moyen, vous pouvez être certain que son coup finira lamentablement dans le rough ! Et vous inspecteur, ce que vous ignoriez, c'est qu'en jouant le premier, je vous emmenais exactement là où je le souhaitais… Vous comprenez, inspecteur Sweeney ? Voilà ce qu'il s'est passé : j'ai toujours joué comme je l'entendais et vous, ensuite, vous n'avez pas cessé de taper à côté !… Mais bon, ne soyez pas trop déçu, vous n'aurez pas tout perdu : vous aurez au moins pris une bonne leçon de golf !… Bien messieurs, allons-y maintenant. Désolé inspecteur, conclut-il. C'est moi qui décide de l'annonce : *vous* avez perdu. Fin de parcours !

Sans plus attendre, O'Leary empoigna le bras du général Boyle et il l'entraîna hors du bureau.

— *Great Scott !* s'exclama Sweeney, abasourdi. Quand je raconterai ça à tante Midge…

Inscrivez-vous gratuitement,
et sans aucun engagement de votre part,
à notre bulletin d'information
en nous retournant le coupon ci-contre.

Vous serez averti(e) des parutions en exclusivité,
pourrez bénéficier d'offres spéciales,
de cadeaux, etc.

Chaque nouvel inscrit recevra
une petite surprise…

Rejoignez-nous vite !

Et n'hésitez pas à proposer l'inscription
à vos parents et amis…

Je désire m'abonner gratuitement
au bulletin d'information des Éditions du Palémon :
je serai averti(e) des parutions
des enquêtes de John-Erich Nielsen et autres ouvrages,
ainsi que de l'actualité et des offres Palémon.

Nom ....

Prénom ....

Adresse ....

....

....

Code Postal .... Ville ....

Pour encore plus d'offres et d'infos,
indiquez votre adresse e-mail :

E-mail .... @ ....

Bon à compléter ou à recopier
et à retourner par courrier à l'adresse suivante :

Retrouvez les ouvrages de John-Erich Nielsen
et tous les titres des Éditions du Palémon sur :

www.palemon.fr

ÉDITIONS DU PALÉMON
ZA de Troyalac'h - 10 rue André Michelin
29170 SAINT-ÉVARZEC
02 98 94 62 44
Dépôt légal 3e trimestre 2016

ISBN : 978-2-372600-43-9

Achevé d'imprimer en août 2016
sur les presses de la **N**ouvelle **I**mprimerie **L**aballery
58500 Clamecy
Numéro d'impression : 607233 - 1er tirage

Imprimé en France

La Nouvelle Imprimerie Laballery est titulaire de la marque IMPRIM'VERT®